KB271844

인문교양총서 14

한국 현대 대중문학과 대중문화
『장한몽』에서 〈시크릿 가든〉까지

전은경

한국 현대 대중문학과 대중문화

『장한몽』에서 〈시크릿 가든〉까지

전은경 지음

역락

어린 시절, 지구를 지키는 영웅들이 등장하는 만화 영화를 볼 때마다 다음과 같은 의구심이 들고는 했다. 이 영웅들이 변신할 때는 악당들이 왜 공격하지 않는 걸까? 그리고 왜 신무기는 영화가 마치기 직전에 등장하는 걸까? 영웅이 등장하는 영화들은 주인공이 슈퍼맨, 배트맨, 스파이더맨으로 변할 뿐, 내용은 거의 비슷하다. 이뿐만이 아니다. 어린 시절 읽었던 신데렐라 이야기는 왕자님에서 실장님, 혹은 본부장님으로 바뀌었을 뿐, 여전히 똑같이 진행되고 있다. 그래서 이러한 이야기들은 늘 똑같다며 비판받고 있다.

그런데 참 신기한 것은, 그럼에도 불구하고 이 진부한 이야기가 아주 오랫동안 끊임없이 되풀이되며 이어지고 있다는 것이다. 막장 드라마를 욕하면서 보게 되는 바로 그런 이유일 것이다. 그렇다면 왜 대중들은 스토리가 너무 뻔하다고 욕하면서도, 또 너무 심하다고 비난하면서도, 이러한 것들을 놓지 못하고 있을까?

이 책은 이러한 의문에서 출발하고 있다. 도대체 언제부터 우리는 이러한 대중문학, 대중문화에 익숙해져 있는 것인지, 또 왜 이렇게 대중들은 이러한 문화를 즐기고 있는지 살펴보는 것은 결국 지금 이 시대 대중들의 관심이 어디에 있는지 알 수 있는 가장 빠른 지름길이 될 것이다.

사실 대중문학은 이때까지 오로지 재미와 오락에만 치중된 저급한 문학으로 취급되어 왔다. 점점 더 통속적이고 선정적이 되어 가는 것도 사실이다. 그런데 대중문학이, 또 대중문화가 오로지 이러한 역기능밖에 없는 것일까. 그렇다고 하기에는 너무 많은 대중들이 즐기고 있다. 지금도 그 뻔한 이야기에 독자들은 열광하다 못해 각종 '폐인'과 '앓이'라는 신조어들을 양산하고 있다.

이 책은 대중문학과 대중문화에 대한 기존 평가에 대해 아주 조금 비틀어 보고자 한다. 작품의 완성도를 재단하기보다는 독자 한 사람, 한 사람이 개입해서 만들어 가고 소통하는 이 대중문화의 장 안에서 새로운 시선으로 들여다보면, 어쩌면 또 다른 가치를 발견할 수도 있을 것이다. 이 시대, 이 장소에서 숨쉬고, 즐기며, 나누면서 살아가는 '사람'들의 힘을 느껴볼 수도 있을 것이다.

2012년 1월

지은이 전은경

차례

Ⅲ. 다매체 시대의 대중문학 – 문학에서 문화로 __ 123

I. 대중문학의 개념

1. 대중문학이란 무엇인가

『오만과 편견』은 대중문학인가, 순수문학인가

　『오만과 편견』이라는 소설은 지금도 여전히 발간되며 영화와 드라마로 끊임없이 생산되면서 인기를 누리고 있다. 이 소설은 원래 제인 오스틴이 1796~1797년에 걸쳐 쓴 『첫인상』이 모태가 되었다. 이후 1813년에 출판하면서 『오만과 편견』이라는 이름으로 바뀌었다. 이 작품은 그 당대 상속 문화에 대한 날카로운 비판을 드러내고 있다. 그 당시에 딸들은 아버지의 유산을 거의 상속받을 수 없었다. 따라서 아들이 없으면, 아버지의 모든 재산은 딸들에게 가는 것이 아니라, 가장 가까운 남자 친척에게 가게 된다. 그러다 보니, 딸만 있는 집에서는 돈 있는 남자와 결혼하는 것이 급선무였다.

　그러나 사실 드라마나 영화로 재생산될 때는, 『오만과 편견』

은 딸만 있는 베넷가의 둘째딸인 엘리자베스 베넷과, 영국에서 손꼽히는 부자인 피츠윌리엄 다아시의 사랑 이야기가 주안점이 되고는 한다. 서로에 대한 첫인상이 나빴던 두 남녀가 서로에 대한 편견을 버리고 사랑을 하게 되는 이야기는, 일반적인 사랑이야기와 그리 달라 보이지 않는다. 그렇다면 이 『오만과 편견』은 대중문학인가, 아니면 순수문학으로서 고전인가. 이에 대한 대답은 이 책의 말미에서 해보도록 하자.

대중문학과 순수문학, 그 경계

그렇다면, 대중문학이란 무엇일까. 누군가 대중문학이 무엇이냐고 묻는다면, 가장 먼저 신문이나 잡지에 연재되는 가벼운 소설을 떠올릴 것이다. 심심풀이 땅콩처럼 쉽게 읽고, 재미를 느낄 수 있는 문학, 그것이 바로 대중문학이라고 하면 연상되는 생각일 것이다. 그러니 대중문학은 '재미'나 '오락'을 빼놓고서는 이야기할 수 없다.

그런데 이 '재미'와 '오락'이라는 말 때문에 대중문학은 늘 저급하다는 평가를 받아오고는 했다. 그만큼 대중문학은 저급한 오락물이라는 이미지가 강했다. 그와 반대로 순수문학[1]은

<hr>

[1] 사실 대중문학이라는 용어는 일반적으로 많이 사용하고 있다. 그런데 순수문학이라는 용어는 학자들마다, 시대마다 다르게 사용한다. 순수문학, 예술소설, 본격문학 등 다양한 방식으로 지

대단한 예술성을 가진 문학으로 칭송받아 왔다. 그리고 이 대중문학과 순수문학 사이에서 늘 대중문학은 찬밥 신세를 면치 못했다. 대중문학은 오로지 자극적인 재미로 독자들의 흥미를 끄는 일시적인 오락물일 뿐, 그 자체로 예술적 가치를 인정받지는 못했다.

사실 대중문학이라는 용어 개념 자체도 스스로 의미를 지닌 독립적인 개념이 아니다. 이는 늘 절대적인 문학에 대응되는 상대적인 개념으로 존재한다. 절대적인 기준에 합당한 모범이 되는 문학이 있다면, 거기에 상반되는 타자 개념이다. 개념에서부터 대중문학은 자기 자신을 나타낼 고유한 의미조차 지니고 있지 못하다.

그렇다면 어떤 문학은 고급의 순수예술을 지향하는 문학이고, 또 어떤 문학은 저급하다는 대중문학인가. 이것 역시 모호할 수밖에 없다. 셰익스피어의 문학도 그 당대에는 대중문학 취급을 받았고, 그의 사후에나 셰익스피어의 문학이 문학으로서의 가치를 인정받았다는 것은 유명한 이야기이다. 즉 셰익스피어의 문학이 그 당대 얼마나 많은 독자들의 관심을 받고 있었는지, 그리고 얼마나 재미가 있었는지를 보여주는 한 장면이라 할 수 있다. 또한 셰익스피어의 작품은 그 당대와 호흡

칭되고 있다. 여기에서는 저급한 대중문학의 반대 개념으로 순수문학이라는 용어를 사용할 것이다. 즉 이 책에서 사용하는 '순수문학'이라는 용어는 저급한 대중문학에 반대 개념으로서, 고급의 문학, 예술성을 지향하는 문학을 가리킨다.

하면서도, 지속성까지 갖추면서 고전이라는 당당한 타이틀까지 얻게 된 것이다.

굳이 먼 외국의 이야기를 하지 않더라도, 한국의 근대 문학사에서도 문학에 대한 이러한 구분은 심심찮게 등장한다. 시대마다 작가들은 모두 대중적인 작품들에 대해 신랄한 비판을 가하고는 했다. 대중적인 문학에 대한 비판은 곧 작가들이 자신들의 문학이 어떠한 길로 가야 하는지 고민한 흔적이라고도 할 수 있다.

따라서 대중문학이란 무엇인지 그 정의를 말하기 전에 대중문학이라고 우리가 부를 수 있는 이유, 즉 대중문학의 성격부터 먼저 살펴보아야 한다. 그래야 대중문학이란 무엇이며, 대중문학이 문학으로서의 가치는 없는지 좀 더 세세하게 논의해 볼 수 있을 것이다.

2. 대중문학의 성격과 새로운 정의

대중문학의 성격

대중문학이 쉽게 읽을 수 있는 재미있는 오락물이라면 '이 것은 대중문학이다, 저것은 대중문학이 아니다'라는 경계가 필요할 것이다. 일반적으로 대중문학은 재미가 있다. 흥미롭고 때로는 독자들의 구미를 당길 만큼 자극적이기도 하다. 작가의 생각이나 고민이 들어 있다기보다는 어떻게 하면 독자들의 흥미를 끌 수 있을까에 더 신경을 쓴다고 할 수 있다. 이것은 결국 상품 판매와도 연관이 되어 대중문학은 상업성이라는 성격 역시 가지고 있다.

다음으로 대중문학은 새로운 형식미를 추구하기보다는 전형적인 구성을 취한다. 즉 새로운 실험 정신이나 형식 자체를 탐구하는 것이 아니라 평이하고 진부한 방식으로 진행된다.

낯설다는 것은 그만큼 독자들의 구미를 당기지 못할 확률이 높다. 실험적인 것보다는 좀 더 익숙하고, 그 익숙함 속에 그 시대의 독자들의 관심을 끌 만큼 자극적이고 충격적인 사건을 삽입하고는 한다.

또한 대중문학은 비슷비슷한 유형의 인물을 제시하고 선악 구조의 대립이 뚜렷하다. 선악의 명쾌한 구분으로 선이 악을 이긴다는 카타르시스를 선사해 준다. 심각하게 고민하지 않고, 가볍게 읽을 수 있도록 글 내용이 진행되는 것이다. 시대가 변해가도 이 전형적인 인물들의 형태는 거의 변함이 없다. 등장인물들이 살아가는 시대는 당대의 상황을 따라 달라진 모습이다. 그러나 그 외에 이 인물들의 모습이나 성격 등으로 봤을 때는 시대마다 거의 유사한 모습을 띠고 있다.

매체의 발달과 독자의 역할

대중문학은 사실 '대중'이라는 존재가 돈과 시간, 그리고 지위를 얻어가면서 발전해 왔다고 보아야 한다. 살 수 있는 돈과, 읽을 수 있는 시간과, 그 문화를 누릴 수 있는 지위가 있을 때, 비로소 대중문학을 향유할 수 있게 된다. 즉 처음부터 대중문학은 '돈'과 연관되면서, 반드시 상업적인 수익성과 밀접한 관련을 맺고 있다.

조선 시대부터 생각해 보면, 이 대중문학은 세책가와도 인연이 깊다. 그 이후 개화기 때를 보면 역시 신문이라는 획기적인 근대 매체가 생기면서 신문연재소설이 등장하기 시작했다. 이는 1910년대 이후 신파극과 신문연재소설이 연계되면서 엄청난 상업적 이익을 얻게도 했다. 그 이후 이러한 신문 매체는 끊임없이 대중소설을 실으면서 독자들의 욕망을 드러내게 하고, 또 이를 통해 상업적인 이윤을 창출하기도 했다.

따라서 대중문학은 상업적인 이윤을 위해서라도 그 당대 독자들과 함께 호흡하지 않으면 안 되었다. 조금이라도 지루하면 독자들은 냉정하게 외면해 버리기 일쑤였다. 독자의 관심을 끊임없이 붙잡아 두기 위해서는, 그 당대의 시간과 공간에서 가장 관심이 있는 바가 무엇인지를 탐구하지 않고서는 안 되었다. 또한 그것은 어김없이 대중 문학 속에 투영되고 있었다. 어떤 의미에서는 대중문학은 독자들의 욕망과 기대, 참여가 없이는 성립할 수 없는 문학일지 모른다. 그것의 출발이 상업적인 이윤이 되었든, 계몽이 되었든 간에, 지금 이 순간 살아가고 있는 사람들의 이야기를 담아내어야만 진정 대중들의 문학이 될 수 있었다.

대중소설은 이러한 경우에만 진정 독자의 것이 된다. 이러한 경우 대중소설은 단순한 꿈의 세계가 아니라 현실의 길이 된다. 여러 가지 형태의 독자 참여의 시도나 실록

그 자체 속에 반영된 사실에 대한 관심은, 가장 먼 시간이
나 공간의 저편에서 연출되는 가장 공상적인 사건들도,
다름 아닌 자기 자신의 '지금·당장'에 직결되는 표현으
로서 독자의 마음에 연결되고, 그리고 독자의 마음을 다
른 독자와 연결시켜주는 것이다. 수동적인 것에 불과한
듯 보이고, 고립된 개개인으로만 보이는 수용자가 그때,
능동성과 공동성을 획득하게 된다.[2]

위의 인용문에서 이께다 히로시는 대중소설이 지금 이 시
간, 여기 이곳을 보여주며, 독자들을 연결시켜 주는 것이라 설
명한다. 즉 대중소설은 한 사람의 고립된 문학이 아니라 대중
의 능동성을 담보로 한 공동성을 지닌 문학이라는 것이다.

대중문학, 대중소설은 이렇듯 독자의 참여와 호응을 통해
완성된다고도 볼 수 있다. 대부분 신문·잡지 등의 매체와 연
관되어 독자들의 참여를 의도적으로 요구하고 끌어내기도 한
다. 지금은 인터넷이 발달해서 그러한 독자들의 반응은 더욱
더 즉각적이고 또한 그 영향력 역시 과거와 비교가 안 될 만
큼 커졌다고 할 수 있다.

---

[2] 이께다 히로시, 정한기·김광수 역, 「대중소설의 세계와 반세계」, 대중문학연구회편, 『대중문학
이란 무엇인가』, 평민사, 1995, 107쪽.

대중문학의 정의

대중문학의 성격을 보면, 대중문학의 가장 큰 특징으로 순간성, 일시성을 들 수 있다. 즉 그 '순간'을 지향한다는 것이다. 그러니 그 순간에는 큰 인기를 끌지만, 두고두고 볼 만큼 오래 가지는 못한다. 그러나 가장 그 시대에 맞게 묘사하고, 그 시대 순간순간의 변화를 감지할 수 있다. 그리고 그때그때 시대를 앞서가기도 하고, 뒤에서 따라가기도 한다. 그 속에 대중문학의 묘미가 있는 것이다.

결국 대중문학은 대부분의 사람들이 쉽게 읽을 수 있고, 쉽게 즐길 수 있는 놀이의 문학이라 할 수 있다. 또한 이 놀이의 문학은 시간적으로는 '지금', 공간적으로는 '여기'라는 시의성과 현장성을 지니고 있는 문학 장르이다. 즉 전 시대에 걸친 인간의 유희하고자 하는 욕망을 충족시키는 보편적 내용을 포함하면서, 동시에 '지금', '여기'에 해당하는 시의성을 보유한 문학인 셈이다.

이는 앞서 인용한 이께다 히로시의 말처럼 대중문학, 대중소설은 "가장 먼 시간이나 공간의 저편에서 연출되는 가장 공상적인 사건들도" "자기 자신의 '지금·당장'에 직결되는 표현으로서 독자의 마음에 연결되고, 그리고 독자의 마음을 다른 독자와 연결시켜 주는" 것이다. 있을 법한 이야기는 허구이기도 하지만 동시에 현실적이기도 하다. 그것이 비록 허구라 할

지라도 지금, 여기에 살고 있는 독자가 공감한다면, 또한 그 공감이 사람과 사람, 독자와 독자를 연결시켜주는 공감의 표현이라면, 그것은 분명 의미가 있다.

따라서 대중문학은 재미의 문학이자, 또 동시에 지금 현실에 연결되어 있는 문학이다. 또 저 멀리 다른 공간의 이야기인 것 같지만, 내가 살고 있는 바로 이곳에 적용되는 이야기이다. 그래서 독자와 독자를 연결시켜 주고, 독자의 욕망을 충족시켜주며, 독자들을 생생하게 살아있게 하고, 움직여주는 문학이라 할 수 있을 것이다. 이는 다시 말해, 대중문학은 처음부터 독자의 부분을 열어두고 있는 문학이라고도 볼 수 있다. 독자가 직접 참여하고 연결되어야지만, 대중문학은 진정으로 완성될 수 있는 것이다.

3. 대중문학을 바라보는 새로운 시각

같은 음식과 다른 그릇

대중문학, 대중문화는 늘 같은 구조를 가지고 있고, 또 같은 방식의 통속성과 선정성을 지니고 있다고 비판받아 오고 있다. 그런데 이러한 잣대 자체가 문제가 있다. 이것은 소위 고급문학을 대하듯이 똑같은 잣대로 대하기 때문에 문제가 되는 것이다. 원래 그러한 형식을 가진 사물을 "너 왜 그러느냐?"고 따져 물을 수는 없다. 힙합은 힙합, 발라드는 발라드, 락은 락으로, 국악은 국악으로 각각 자신의 특징이 있다. 발라드의 규칙을 힙합에 적용하여 비판할 수는 없다. 4줄의 바이올린이 해금에게 왜 2줄이냐고 비판할 수는 없는 것이다. 대중문학도 이와 마찬가지이다. 대중문학이라는 그 장르의 특징 그대로 바라보아야지만, 대중문학의 진가를 알 수 있게 되는 것이다.

그럼 이제 소위 고급문학과 대중문학의 차이를 알아보자.

그릇이 있다. 그릇은 고정되어 있다. 그러나 그 그릇에는 새로운 음식들이 계속 담긴다. 때로는 한식이, 때로는 양식이, 때로는 퓨전 음식이 담기기도 한다. 그렇게 음식 자체를 개발하는 것이 소위 지식인 문학이라 할 수 있다.

그런데 이와는 반대로 같은 음식물이 있다. 늘 같은 방식으로 음식을 만든다. 그런데 이 음식은 어떠한 때는 사기 그릇에, 또 어떠한 때는 스테인리스 그릇에, 다른 때는 화려한 금접시에 담아서 손님에게 내놓는다. 이것이 바로 대중문학이다. 같은 내용을 그때그때 손님에 따라, 또 상황에 따라, 시대에 따라 다른 그릇에 내어 놓는 것이 바로 대중문학인 것이다.

그러니 이런 대중문학에게 "너 왜 내용이 그렇게 천편일률적이냐?"라고 따져묻는 것은 너 왜 발라드 하지 않고 힙합을 하느냐고 따지는 것과 같이 어불성설인 것이다. 대중문학을 바라볼 때는, 그 내용물이 담긴 그릇을 보아야 한다.

물론 여기에서 언급한 음식과 그릇의 관계를 단순히 문학의 내용과 형식에 각각 대입해서는 안 된다. 여기서 말하는 음식은 소재와 구성을 말하는 것이다. 또한 그릇은 그것을 당대에 맞게 변형하고 각색하는 것을 의미한다.

거대서사에서 미시서사로

요점은 "누가 무엇을 소비하는가?"라는 질문에 대답하기 위해서 누가 '누구'이며, 무엇이 '무엇'인가를 알아야만 한다는 것이다. 이 누가 얼마나 초라하고, 단순하며, 볼품없더라도, 그리고 이 무엇이 얼마나 대중적이고, 통속적이며, 사소해 보인다 할지라도, 우리가 항상 염두에 두어야 할 것은 이 누구와 이 무엇의 만남은 꿈, 추억, 열등감, 고뇌, 욕망 등과 함께 불특정 다수로서 윤곽이 불투명한 대중이라는 개념 너머에 살아 있는 한 개인으로서 대중을 파악할 필요가 있다. 왜냐하면 대중이라는 추상적인 개념에 가려 자칫 일상의 삶에서 자신의 꿈, 고통, 추억, 회한 등으로 씨름하는 한 개인의 구체적인 삶을 놓쳐서는 안 되기 때문이다.[3]

그러한 의미에서 위의 박성봉이 말하듯이, 대중문학은 개인의 구체적인 삶이 담기게 된다는 점에서 의미를 지닌다. 결국 이 의미는 거대하고 거창한 목표를 지닌 거대서사의 장르가 아니라, 현실의 지난한 삶을 살고 있는 대중들의 미시서사를 담아내고 있다는 것이다. 민족과 국가, 혹은 공동체의 목표 앞에서는 개인의 욕망과 삶에 대해 말하는 것은 조금은 사치스

---

[3] 박성봉, 『대중예술의 미학』, 동연, 1995, 42~43쪽. / 박성봉, 『대중예술과 미학』, 일빛, 2006, 31쪽.

러웠을 수 있다. 그러나 이 대중문학 속에서 개인은 거대 담론에 가려진 자신들의 이야기를 볼 수 있었고, 자신들의 욕망을 드러낼 수 있었다. 그런 점에서 대중문학은 미시서사를 중심으로, 개인의 현재적 삶을 보여주는 문학이라 할 수 있다.

새로운 문화 형성

그람시는 「톨스토이와 만초니의 '대중성'」이라는 글에서 다음과 같이 말하고 있다.

> 세계에 대한 일반적인 개념은 탁월한 영혼들에 의해 계발되지 않을 수 없지만, '현실'은 하층민들과 단순한 영혼을 지닌 사람들에 의해 표현된다.[4]

이 말은 그람시의 대중문학에 대한 생각을 가장 정확하게 보여주는 것이라 할 수 있다. 지적인 작품도 분명 중요할 수 있으나, 지금 당대의 현실에 대한 문제는 늘 하층민들에 의해, 지적인 것과는 조금 거리가 먼 일반 대중들에 의해 표현되고 있었다는 것이다. 이는 다시 말해서 현실이란 바로 대중들 그

---

[4] 안토니오 그람시, 박상진 역, 『대중문학론』, 책세상, 2005, 122쪽.

자체일 수도 있다.

　　대중 독자가 대중 문학에 대해 갖는 가장 특징적인 태
도들 중 하나는, 작가의 이름과 개성보다 주인공이 중요
하다는 것이다. (중략) 탄생부터 죽음까지 그들의 삶은 온
통 흥미로우며, 이는 비록 인공물이라 해도 '연재'의 인기
를 설명해준다. 즉 한 유형의 최초의 창시자[작가]는 자기
작품에서 주인공을 죽게 하지만, 이를 이어가는 '연재 작
가들'은 그 주인공을 다시 살려내 독자의 새로운 열광과
만족을 이끌어내고 주인공에게 주어져 있던 이미지를 새
로운 내용으로 연장하면서 주인공의 이미지를 새롭게 하
는 것이다. (중략) 어떤 대중 독자들은 지난 역사의 실제
세계와 환상의 세계를 구분할 줄 모르고, 소설 속의 인물
들에 대해 얘기할 때 마치 그들이 실제 살았던 인물인 것
처럼 생각한다. 그래서 환상의 세계는 대중의 지적 생활
에서 하나의 특수한 우화적 구체성을 획득한다.[5]

　　그람시는 대중문학의 가장 큰 특징으로 독자 태도를 짚고
있다. 독자들은 대중문학을 대할 때, 작가의 명성이나 그 작가
만의 특징, 개성을 보는 것이 아니라는 것이다. 도리어 작가가
중요한 것이 아니라, 그 작가가 창출해 낸 주인공이 작가의 명

---

[5] 안토니오 그람시, 『대중문학론』, 앞의 책, 87~88쪽.

성과 개성을 뛰어넘어 인기를 유지하게 된다는 것이다. 이는 대중들이 얼마나 주인공에게 강력하게 감정이입이 되고 있는지를 보여준다. 이러한 대중들의 욕구를 반영하는 새로운 이야기꾼들이 등장하기도 한다. 그리고 대중들은 이 속에서 새로운 환상의 세계를 구축해 나가게 된다. 사실 이러한 측면은 새로운 문화의 형성이라고도 할 수 있다. 작가 자체가 중요하다기보다는 작가가 묘사해 낸, 아니 작가가 담아낸 독자의 욕망이 구현되어 나타나게 되었다는 것이다. 또한 이는 독자가 욕망하는 한 끊임없이 재생산되는 것이다.

헤게모니는 '나'와 타자의 상호 침투에서 나오고, 그 과정은 일상적으로, 즉 개인이 구체적으로 느끼지 못하는 사이에 일어나는 '긴 시간'의 과정이다. '새로운 문화'는 위에서 내려오지 않는다. '새로운 문화'는 '긴 시간' 동안 헤게모니의 변화와 함께 비로소 가능해진다. '새로운 문화' 자체가 헤게모니의 이동을 함축한다. (중략)

그람시가 말하는 '새로운 문화'는 여전히 새로운 것이다. 그람시의 힘은 그람시 자신이 문화의 생산보다는 수용에 대한 분석에 치중한 것처럼 그람시에 대한 우리의 수용에서 나온다.[6]

---

[6] 박상진, 「해제 : 대중 문학의 열린 지평」, 안토니오 그람시, 『대중문학론』, 앞의 책, 180쪽.

　그람시에 따르면 헤게모니는 긴 시간의 과정 속에서 나타나는 현상이다. 그런데 새로운 문화는 이러한 긴 시간을 통과하여 생기는 현상이며, 또 동시에 헤게모니의 이동까지도 함축하고 있다고 한다. 이는 다시 말하면 대중문학 속에서 현실 자체가 담기면서 그 속에서 새로운 헤게모니가 형성되고 있다는 것이다. 또한 이는 동시에 대중문학과 독자가 부딪치면서 독특한 내적 토대가 형성되기 시작한다는 것이다. 결국 대중문학은 개인의 욕망과 삶을 담아내는 새로운 문화를 끊임없이 모색해 나가고 있다고도 할 수 있을 것이다.

II. 대중문학의 역사

1. 막장드라마의 기원
―1900년대 『혈의누』와 『귀의성』

근대 계몽기 : 신문과 신문연재소설

근대계몽기인 19세기 말과 20세기 초는 그야말로 문화의 충격 그 자체였다. 가장 큰 변화라면, 단연 신문 매체의 발간이라 할 수 있다. 신문은 가장 근대적인 의사전달의 매체이다. 이는 기득권층에서 독점하고 있던 정보가 일반 대중에게까지 공유되는 것을 의미한다. 그런 면에서 정보가 대중화된 계기가 바로 신문매체의 출현이라 할 수 있다.

개화기에 신문은 크게 두 가지 측면의 성격을 지니고 있었다. 이는 바로 정보의 전달과 지식의 전달이다. 객관적인 사실을 보도하는 정보 전달뿐만 아니라 계몽적인 지식을 전달하고 의도하는 바를 은연중에 드러내어 이끌어가고자 하는 것이다. 특히 근대계몽기는 그야말로 지식의 전쟁이었다. 갑작스러운 정보와 지식들이 쏟아지면서, 이 새로운 지식을 배우는 것이야말로 나라를 구하는 것이라 믿고 있었다.

이러한 상황에서 신문은 여러 가지 다양한 역할을 하고 있었다. 어떤 신문은 구국 운동을 위한 신문으로, 또 어떤 신문은 무지몽매한 대중들을 교육시키는 신문으로, 또 다른 신문은 자신들의 상업적 이익을 위한 신문으로 모양새를 굳히고 있었다.

어떠한 목적이든지간에, 모든 신문사는 재정적 차원에서라도 많은 신문을 팔아야 하는 상황이었다. 그러한 상황에서 등장한 것이 바로 신문연재소설이다. 어떻게든 매일매일 신문을 사게 만들 흥밋거리가 필요했고, 그것에 그대로 들어맞는 것이 신문연재소설이었다.

그 당시 협률사에서 공연되던 <춘향전>에 대한 인기가 대단했었다.

> 협률사에 춘향이 이도령과 홍문연이 천연히 왔다하되
> 우리는 한번도 구경하지 아니하였소.[7]

> 협률사에 갔으면 춘향이 구경도 하고 항장무 추는 구경
> 이 제일강산이지.[8]

---

[7] 田舍先生, 〈國文讀者俱樂部 : 독자투고란〉, 『만세보』, 1906. 6. 28.

[8] 四婦人, 〈小春月令 : 독자투고란〉, 『만세보』, 1906. 11. 17.

여보, 나는 종일 고용하여 일원 한 푼을 벌어가지고 매
일 협률사 이등에서 구경하니까 먹지 아니하여도 살찔 듯
합디다[9]

위의 내용은 『만세보』에 실린 독자들의 소리이다. 당대 신
문에서는 <춘향전>에 빠져 낭비하는 인물들을 연일 비판한다.
그러나 독자들 중에서는 매일 매일 돈을 벌어 그 돈으로 협률
사를 찾아간다는 인물도 있다. 그만큼 <춘향전>의 인기는 그
당대 조선 사회에서 굉장한 인기였던 것으로 보인다.

결국 이러한 상황에서 『만세보』는 이인직의 『혈의누』와 『귀
의성』이라는 소설을 싣게 된다. 이인직은 『만세보』의 주필이
기도 했고, 일본 『都新聞』사에서 실습을 했던 경험도 있었다.
이 일본 신문사에서 배웠던 부분들을 이인직이 『만세보』에 적
용했을 가능성이 높다. 또한 조선 후기 판소리계 소설들의 인
기를 직접 체험했을 이인직은 이를 응용하여 신문연재소설을
집필하기에 이른 것이다.[10]

---

9 好樂生, 〈國文讀者俱樂部 : 독자투고란〉, 『만세보』, 1906. 7. 8.

10 『만세보』의 독자 상황과, 이인직이 실습했던 『都新聞』과의 영향관계에 대해서는 졸고 「『만세
   보』의 〈독자투고란〉과 소설 독자의 형성」(『어문학』 111집, 한국어문학회, 2011. 3)을 참조하여
   정리하였다.

최초의 신문연재소설 『혈의누』

　『혈의누』는 1906년 7월 22일부터 10월 10일까지 『만세보』에 3개월가량 실린 소설로 총 53회 연재되었다.[11] 이는 신문에서 장기간 연재한 최초의 소설이었다.

　『혈의누』의 첫 회는 긴박하게 시작한다. 청일 전쟁의 와중에 젊은 부부는 헤어지고, 젊은 부인은 딸과 남편을 미친 여자처럼 찾아다닌다. 그런데 그런 젊은 부인을 보고 한 농군은 욕심을 품고 그 여인에게 달려드는 찰나, 부인이 소리를 질러 근처에 지나가던 일본 헌병들에게 구출된다.

　이 부인의 남편은 29살 평양 사람으로 이름은 김관일이었다. 아이를 찾다가 집에 돌아와 보니, 아이도 부인도 없어 밤새 고민하다가 세상에 뜻을 품고 외국에 나가 공부를 하여 나라를 위한 사업을 하겠노라 다짐하며 평양을 떠나 만리타국으로 떠나게 된다. 남편이 떠나자마자 집으로 돌아온 부인은 여전히 아이와 남편을 찾지 못하고 남편을 기다리지만, 남편은 돌아오지 않는다. 낙담한 부인은 결국 대동강 물에 빠져 죽으

---

[11] 실제로 『혈의누』 상의 마지막회는 50회라고 기입되어 있다. 그래서 50회 동안 연재되었다고 생각하기 쉬우나 3번의 誤記 때문에 53회 연재된 것이 맞다. 『혈의 누』의 경우, 총 3번의 誤記가 있었다. ① 9/9, 9/12 모두 32회로 표기, ② 9/18, 9/19 모두 36회로 표기, ③ 9/30, 10/2 모두 44회로 표기 되어 사실상 마지막 50회는 53회에 해당한다.

려고 밤에 나가서 대동강에 뛰어내린다. 그런데 마침 그곳에
서 윷을 놀던 사공과 고장팔이가 부인을 발견하고 구사일생으
로 살게 된다.

부인의 아버지인 최주사는 딸을 찾으러 평양에 왔다가 대동
강물에 빠져죽겠다는 벽에 적혀 있는 딸의 필적을 보고 슬퍼
하며 술을 마시고 자고 있는데 딸이 살아 돌아와 아비를 깨운
다. 사실 김관일이 장인인 최주사를 찾아와 난리 겪은 일과 유
학하고 싶은 일을 말하자, 최주사가 학비를 대어주고 외국을
갈 수 있게 도왔던 것이다. 남아 있는 딸과 손녀가 걱정이 되어
평양에 올라왔던 것이다. 김관일 부인은 아버지 최주사로부터
남편이 살아 있으며, 유학을 갔다는 말에 안심하게 된다.

한편 김관일의 딸 옥련이는 피난을 가다가 모란봉 아래에서
부모를 잃어버리고 설상가상으로 일본인 철환을 맞아 산에 쓰
러져 있다가 일본 적십자 간호수가 보고 야전병원으로 가서
치료받게 된다. 삼 주 후, 다 나아 집에 돌아가지만 어머니가
대동강에 죽으러 간다는 글만 벽에 쓰어 있었다. 그런 옥련을
안타깝게 생각한 정상(井上)군의가 대판에 있는 자신의 집으로
보내어 양딸을 삼게 된다. 처음 옥련이 일본 정상군의의 집에
갔을 때, 정상부인은 옥련이를 많이 귀여워하며 아꼈다. 그러
나 정상군의가 전사한 후에는 정상부인이 점점 옥련이를 귀찮
게 여기고 싫어하게 되자, 옥련이는 낙담하여 죽으러 항구에
나간다. 그러나 순사에게 발견되어 다시 집으로 오게 된다. 그

런 옥련이를 버리고 재혼하겠다는 정상부인의 말을 옥련이가 듣고, 결국 집을 나와 동경으로 갈 생각으로 기차를 탄다.

기차 안에서 17~8세 되는 어색하게 양복을 입은 한 남자를 만나게 된다. 그는 구완서라는 인물로 나라를 위해 공부해야 한다며 함께 미국으로 가서 공부하자고 제안한다. 미국에서 옥련이는 뛰어난 성적으로 고등소학교를 졸업하고 그것이 화성돈(지금의 워싱턴) 신문에 나면서 미국에 있던 김관일도 옥련이 상황을 알게 된다. 김관일이 학교로 찾아가지만, 옥련을 만나지 못하고, 신문에 옥련이를 찾는다는 광고를 낸다. 호텔 보이가 그 신문을 옥련이에게 가져다주자, 옥련이는 아버지에게 찾아가 드디어 만나게 된다. 또한 모친의 편지를 보며 살아있다는 것을 알게 되어 서로 기뻐한다.

전후 상황을 알게 된 김관일은 옥련과 구완서를 혼인시키고자 하나, 구완서는 결혼은 당사자의 문제라며 옥련과 직접 대화를 통해 서로 의견을 교환하겠다고 한다. 구완서는 옥련이가 자신과 함께 좀 더 공부를 한 후에 조선으로 돌아가서 결혼하고, 옥련이는 조선부인을 교육시키는 일을 하라고 청하자, 옥련이도 구완서의 말에 동의하여 결혼을 승낙한다.

한편 김관일의 부인은 딸과 남편을 기다리다가 딸의 편지를 받고 기뻐한다.

『혈의누』 상권은 여기에서 끝나고 "아래권은 그 여학생이

고국에 돌아온 후를 기다리오"[12]라고 하며 하편을 기약하고 있다.

『혈의누』이전에도 소설이 신문에 실린 적은 있지만, 『혈의누』처럼 장기간 실린 적은 없었다. 즉 『혈의누』는 근대매체에서 처음 시도된, 가장 현대 신문소설에 가까운 신문연재소설이라고 할 수 있다. 사실 『혈의누』의 내용은 조선 후기에 유행한 세책가[13]의 책들과 그렇게 많이 다르지는 않다. 물론 내용상, 유학이나 자유연애 등의 모습은 조선 후기의 언문소설들과는 다른 새로운 부분이라 할 수 있으나, 기본적인 가정소설의 성향을 지니고 있다.

그런데도 불구하고 『혈의누』는 최초의 신문연재소설이다. 이것은 한 권의 책의 내용을 대충 잘라서 신문에 연재했다는 뜻이 아니다. 한 권의 책을 단번에 읽는 것과, 그것을 매일 끊어보는 것은 매우 큰 차이가 있다. 거기에는 이미 '편집'이라는 기술이 들어가게 된다. 대충 분량이 이 정도이니 끊어서 연재하겠다는 것과는 다른 문제이다. '오늘 분량은 여기까지'라는 것은 그저 분량에서 끊는 것이 아니라, 독자의 흥미와 연관하여 끊고 있다는 것이다.

신문은 판매를 목적으로 한다. 상업적 판매를 목적으로 하

---

12 이인직, 『혈의누』, 『만세보』, 1906. 10. 10.

13 조선 후기에 책을 빌려주던 곳이다.

고 있는 상황에서 신문연재소설은 내일 신문을 사보게 하는 매우 중요한 역할을 하게 한다. 뭔가 기다려서 읽고 싶게 만드는 것, 그것이 신문연재소설이 담당했던 역할 중 하나였다. 연재라는 것은 바로 '끊기'의 기술이다. '어디에서 끊을 것인가'라는 것은 독자의 흥미와 연관된 부분이었다. 다음 호를 보고 싶게 만드는 기술, 그것이 바로 연재의 묘미였다.

이런 면에서 『혈의누』는 완벽한 연재의 기술을 보이고 있다. 현대 드라마를 보면 확연하게 알 수 있는 부분이다. 드라마의 1회, 2회는 매우 중요하다. 특히 1회는 흥미의 집합소라 할 수 있다. 과장된 전개와 흥미 유발을 위한 과감한 요소가 등장하기 마련이다. 처음 만난 남녀가 싸운다든가, 혹은 처음부터 스킨십이 일어난다든가, 아니면 여주인공의 목욕신 등 굉장히 자극적이고 선정적인 장면이 연출되기도 한다. 이러한 부분은 뭔가 과장된 분위기에서 1회의 자극을 최고치로 올리고자 하는 연출이다. 『혈의누』 역시 마찬가지였다.

평양성 밖 모란봉에, 떨어지는 저녁볕은 뉘엿뉘엿 넘어가는데, 저 햇빛을 붙들어매고 싶은 마음에, 붙들어매지는 못하고 숨이 턱에 닿는 듯이, 갈팡질팡하는 한 부인이 나이 삼십이 될락말락하고 얼굴은 분을 따 넣은 듯이, 흰 얼굴이나, 인정 없이 뜨겁게 내려쪼이는 가을볕에 얼굴이 익어서 선앵두빛이 되고, 걸음걸이는 허둥지둥하는데, 쭉

진 머리는 흘러내려서, 등에 짊어지고, 옷은 흘러내려서,
젖가슴이 다 드러나고, 치맛자락은 땅에 질질 끌려서 걸음
을 걷는 대로 치마가 밟히니 그 부인은 아무리 급한 걸음
걸이를 하더라도, 멀리 가지도 못하고 허둥거리기만 한다.

『혈의누』 1회, 『만세보』, 1906. 7. 22.

『혈의누』 1회도 지금 드라마의 1회와 비교했을 때 별 차이
가 없다. 해가 져가는 산 속에서 거의 맨 몸이 드러난 아름다
운 여인이 정신없이 허둥대며 돌아다니는 상황이라면 흥미를
유발하기에 충분하다. 이 여인은 자신의 잃어버린 딸의 이름
을 부르며, 자신이 얼마나 위험한 상황인지 전혀 알지 못한다.

그 남자가 언덕에서 소리하고 내려오는 계집이 제 계집
으로 알고 붙들었는데, 그 언덕에서 부르던 부인의 손은
명주같이 부드럽고, 옷은 십이승 아랫길 세모시치마가 이
슬에 눅었는데, 그 농군은 제 평생에 그 옷 입은 그런 손
길은 만져보기는 고사하고 쳐다보지도 못한 위인이라

『혈의누』 2회, 『만세보』, 1906. 7. 24.

『혈의누』 2회에서는 예상했던 대로, 남정네가 출현하며 더
욱더 긴장감을 고조시킨다. 이 농군이 부인을 잡게 되면서, 그
감촉에 대해서도 매우 상세하게 묘사된다. 독자의 입장에서는
자극적이면서도 흥미가 유발되는 부분이다. 남성의 입장에서

는 자신들의 욕망을 보게 되는 것이고, 여성의 입장에서는 안타까운 마음에 그 다음이 궁금해질 수밖에 없는 것이다.

> 그 부인의 마음에, 아까는 호랑이도 무섭고, 귀신도 무섭더니, 지금은 호랑이나 와서 나를 잡아먹든지, 귀신이나 와서 저놈을 잡아가든지 그런 뜻밖에 일을 기다리나 호랑이도 아니 오고 귀신도 아니 오고, 눈에 보이는 것은 말 못하는 하늘에 별뿐이오, 이 산중에는 죄없고 힘없는 이 내 몸과 저 몹쓸 놈과 단 두 사람뿐이라
>
> 『혈의누』 2회, 『만세보』, 1906. 7. 24.

2회의 마지막 부분이다. 절대절명의 순간에 연재는 끊어지고 만다. 독자들은 온갖 상상의 나래를 펴며 안타까워 할 것이고 다음이 궁금해서 다시 다음 날 신문을 펼치게 될 것이다. 연재는 작가와 독자의 밀고 당기기의 묘미라 할 수 있다. 지금 『혈의누』는 바로 이 밀고 당기기의 시작을 제대로 해내고 있다. 그것이 바로 『혈의누』가 최초의 신문연재소설이라 말할 수 있는 이유이다.

『혈의누』 : 연애, 외국유학의 판타지

그렇다면 『혈의누』는 이런 자극적인 요소밖에 없는 것인가.

물론 조선후기 소설들과 같은 내용이 전개되는 것도 사실이다. 부모와 헤어진 아이의 성장기, 그리고 부모는 애타게 자신의 아이를 찾는다는 이야기는 조선후기 소설들의 가장 흔한 이야기이기도 하다. 그런데 『혈의누』는 이러한 기본 줄거리 안에 근대계몽기 자체를 담아내고 있다.

그 당시에 가장 화두가 되는 이야기들이 나오고 있다는 것이다. 사람들은 자신이 지금 누리지는 못하지만, 누군가가 누리기 시작한 이야기에 흥미를 가진다. 근대계몽기. 그야말로 하루 아침에 별 희한한 것들이 등장하기 시작하는 날들의 연속이었다. 조용하던 조선에 온갖 새로운 것들이 쏟아지기 시작한다. 새로운 물건도 있지만, 무엇보다 새로운 사회 질서가 유입된다. 그것은 '서양'이라는 이름으로 들어온 것이다. 그저 낯설고 이상한 것이 아니라, 그 '서양'은 '힘'과 함께 등장했다. 그저 싫다고 해서 될 문제가 아니라는 것을 사람들이 느껴갈 때, 그 '서양'은 '근대'라는 이름으로, 또 '힘'의 대명사로 사람들에게 인식되기 시작했다.

근대적인 것은 바로 새로운 것이었고, 그 새로운 것은 국가의 힘을 키울 수 있는 유일한 길로 생각되었다. 여전히 보수적인 인물들은 개화와 근대를 반대하고 있었지만, 진보적인 지식인들은 그런 기존 세력들에 대해 답답함을 느끼지 않을 수 없었을 것이다. 서양을 배우고, 근대를 조선에 가져오고 싶은 이들 중에는 진정 나라를 걱정하는 이들도 있었을 것이고, 조선의 기존 세력들을 타파하고 새로운 질서를 세우고 싶은 이들도 있었을 것이다. 그러나 어떠한 목적이었든, 1900년대 중·후반은 그야말로 아수라장이었다. 곧 서양의 세력이나 일본의 세력에 넘어갈 것만 같은 숨 가쁘게 긴장되는 순간이었다. 그 상황에서 나라를 구할 수 있는 길은 오로지 서양을 배워오는 것뿐이라 생각했을 것이다. 왜냐하면 근대를 이룩한 서양은 너무나 강해서 힘으로 이길 수 없었기 때문에, 그들을 이기기 위해서라도 그들의 힘을 배울 수밖에 없었을 것이다.

『혈의누』는 바로 그 상황을 그대로 소설로 옮겨오고 있다. 그 당대의 관심이 그대로 소설 속에 녹아나고 있는 것이다. 그것이 구현된 것이 바로 외국 유학이다. 7살 옥련이가 일본으로 가서 공부를 하게 되는 상황이나, 11살이 된 옥련이가 17살의 구완서와 함께 미국으로 유학을 가는 상황들은 놀라우면서도 신기하고 부러운 상황이었다.

대부분의 여성들이 교육을 받지 못하고 있던 상황에서 근대는 여성교육을 맨 앞에 내세우고 있었다. 여자가 학교를 다닌다는 것은 그저 먼 나라 얘기라고 생각했던 이들에게 이렇게 여자가 그것도 외국까지 가서 공부를 하는 모습은 참으로 희한하고 부러웠을 것이다.

> (구) 네 졸업은 감축한다 허허 계집의 재주가, 그 사나
>   이보다, 나은 것이로구나 너는 미국온 지 일 년 만

에 영어를 대강 알아듣고 학교에까지 들어가서 금
년에 졸업을 하였는데 나는 미국 온 지 두 해 만에
중학교에 들어가서 내년이 졸업이라
네게는 백기를 들고, 항복 아니할 수가 없다

『혈의누』 38회(40회의 오기), 『만세보』, 1906. 9. 21.

옥련이는 그저 외국에서 공부한 것이 아니다. 같이 간 남자
인 구완서보다 더 뛰어난 실력으로 일찍 학교에 들어가고 영
어도 훨씬 더 잘해서 좋은 성적으로 졸업까지 하게 된다. 그러
한 사실이 신문에까지 실리는 영광을 누린다. 그런 옥련이에
게 구완서는 마음에서부터 깊이 칭찬을 하게 된다. 조선의 어
린 여자 아이가 외국에까지 가서 공부를 하고, 또 남성보다 더
뛰어난 실력을 인정받아 신문에까지 기사가 날 상황이니, 이를
보는 여성독자들의 마음은 그야말로 대리만족이었을 것이다.

(구) 허허허 우리들이, 조선사람인즉 조선 풍속대로만
수작하자
우리 처음 볼 때에, 네가 나이 어린 고로 내가, 해
라 하였더니, 지금은 나이 열여섯 살이 되어, 저렇
게 석대하니, 해라 하기가, 서먹서먹하구나
(옥) 조선풍속대로 말하자 하시면서, 아이를 보고, 해라
하시기가, 서먹서먹하셔요
(구) 허허허 요절할 일도 많다. 나도 지금까지, 장가를

아니든 아이라, 아이는 일반이니 너도 날 보고, 해
라 하는 것이 옳은 일이니, 숫접게, 너도 날더러 해
라 하여라, 그리하면 내가 너더러, 해라 하더라도,
불안한 마음이 없겠다

『혈의누』 38회(40회의 오기), 『만세보』, 1906. 9. 21.

그저 유학만 한다고 했다면, 그저 공부만 하고 있다면, 『혈
의누』가 그렇게 호응을 얻었을 것 같지가 않다. 『혈의누』는 신
문연재소설의 정석답게 여기에 남녀의 연애사를 집어 넣는다.
외국까지 같이 가서 둘이서 서로 의지하며 공부를 하는 모습
과 서로 만나서 이야기를 하며 수작하는 모습들을 간간히 보
여주고 있다. 성장한 옥련이 앞에서 구완서가 서먹해 하는 모
습은 남녀가 서로 연애를 하는 모습의 한 단면이다. 이제 옥련
이를 아이가 아니라 성장한 여성으로 대하는 모습인 것이다.

옥연이를 물끄러미 보더니
(구) 이애 옥연아
어― 실례하였구나
남의 집 처녀더러, 또 해라 하였구나
우리가 입으로, 조선말은 하더라도, 마음에는, 서양
문명한 풍속이, 젖었으니, 우리는 혼인을 하여도,
서양 사람과 같이 부모의 명령을 좇을 것이 아니
라 우리가 서로, 부부될 마음이 있으면, 서로 직접

하야, 말하는 것이 옳은 일이다

그러나 우선 말부터 영어로 수작하자, 조선말로 하

면, 입에 익은 말로, 외짝 해라 하기 불안하다

하면서 구씨가, 영어로 말을 하는데, 구씨의 학문은, 옥

연이보다 대단히 높으나, 영어는 옥연이가 구씨의, 선생

노릇이라도, 할 만한 터이라

그러나 구씨는, 서투른 영어로, 수작을 하는데 옥연이

는 조선말로 단정히 대답하더라

『혈의누』, 『만세보』, 1906. 10. 4.

심지어 구완서와 옥련이는 부모 앞에서도 당당하게 의사를 전달한다. 옥련의 아버지 김관일이 이들을 찾아와 둘의 결혼 문제를 얘기할 때도 구완서는 혼인 문제는 당사자의 문제라며 당당하게 얘기한다. 그리고는 혼인을 할 것인지 말 것인지를 옥련이와 함께 대화를 한다. 물론 조선 사람이면서 영어로 이야기를 한다는 것은 참으로 낯설고도 이상한 모양새일 수 있다. 그러나 그 이면에 든 내용은 그만큼 남자와 여자가 서로 대등하며, 그러한 대등한 상황에서 허심탄회하게 미래에 대해서 얘기해 보자는 의미를 담고 있다.

그 당대 사람들은 이를 어떻게 바라보았을까? 이상한 경험으로 보였을 것이다. 도저히 상상할 수도 없는 세계에서 상상할 수도 없는 상황이 벌어졌다고 생각할 수도 있을 것이다. 물론 이것은 판타지다. 진짜 이루어질 수 있을지는 알 수 없는

판타지. 그러나 그것은 그렇게 되고 싶은 판타지이기도 하다. 이는 재미를 넘어 동경으로, 그리고 그 다음에 대해 궁금해지게 만들어, 내일 신문을 기다리게 만드는 그런 역할을 하지 않았을까.

『귀의성』 : 막장드라마의 기원, 복수라는 화두

『혈의누』 연재를 끝낸 이후, 이인직은 바로 다음 작품 『귀의성』을 연재한다.[14] 『귀의성』은 『혈의누』보다 훨씬 더 자극적인 내용으로 진행된다.

> 강동지의 마누라는 웃통 벗은 채로, 방 한가운데 앉았는데, 무슨 생각을 하는지, 얼빠진 사람 같이, 우두커니 앉았더라.
> 그 때는, 달그림자가, 지구를, 안고 깊이 들어간 후이라, 강동지 집안 방이, 굴속같이, 어두웠는데, 강동지는, 그렇게 어두운 방에서, 담뱃대를 찾으려고, 방안을 더듬더듬, 더듬다가, 담뱃대는 아니 짚이고, 마누라의 몸뚱이에 손이

---

[14] 『혈의누』는 10월 10일에 끝이 나고, 10월 14일부터 바로 『귀의성』이 연재되었다. 『귀의성』은 1906년 10월 14일부터 1907년 6월 1일까지 총 138회 연재되다가 중단되었다. 총 135회로 나오지만, 실제로 총 9번의 오기 때문에 실제로는 총 138회 연재되었다.(연재 오기 부분은 전은경, 「만세보의 독자투고란과 소설 독자의 형성」(앞의 논문) 참조.)

닿더라

　판수가, 계집을 만지듯이 마누라의 머리에서부터, 내리
더듬어 내려오더니, 중늙은이도, 젊은 마음이 나던지, 담
뱃대는 아니 찾고, 마누라를, 드러눕히려 하니, 마누라가
팔를 뿌리치며

『귀의성』 2회, 『만세보』, 1906. 10. 16.

　초반부터 내용과 상관없이 자극적이고 선정적인 내용이 바
로 등장한다. 『귀의성』은 강동지와 아내, 그리고 그의 딸 길순
이가 등장한다. 길순이는 춘천 군수로 내려와 있던 김승지 영
감의 첩이 되었는데, 김승지가 서울로 올라간 이후에는 길순
이에게 연락이 없다. 김승지의 본처의 성격이 보통이 아니라,
김승지는 본처가 두려워 길순이를 데려갈 수 없는 상황이었다.
이러한 상황에서 강동지는 길순을 데리고 김승지집에 데려가
고, 김승지는 본처 때문에 길순이를 다른 집에 거하게 한다.
그 상황에서 본처는 길순이와 길순이를 따라간 침모까지 구박
하고, 본처의 여종 점순이와 그 남편 자근돌은 함께 길순이를
죽일 계책을 꾸미게 된다. 그 과정 중에 길순이는 자살을 시도
하지만, 순사가 살려주고, 결국 살아서 아들을 낳게 된다. 아들
까지 낳자 본처는 길순이와 그 아들을 더욱 죽이려 들고, 점순
이는 이를 도와 계획을 짜면서 결국 최씨라는 남자를 고용해
길순이와 어린 아들을 처참하게 죽인다.

딸이 죽은 이후 춘천에서 서울로 올라와 딸을 찾아다니던 강동지는 김승지처가 죽인 사실을 알아내고 복수를 하게 된다. 강동지는 최씨와 점순이, 그리고 김승지 처까지 모두 죽이고, 길순이의 침모를 찾아가는 장면까지 연재되었다.

『귀의성』은 그야말로 막장 그 자체다. 『혈의누』역시 자극적인 요소가 있기는 했으나, 그래도 우국의 정신이 있었고, 교육과 계몽에 대한 내용이 있었다. 그렇기 때문에 당시 큰 인기도 있었고, 사회적으로도 인정받는 분위기였다. 그러나 『귀의성』은 선정적인 표현과 잔인한 장면으로 그 당시 민족신문이었던 『대한매일신보』로부터 맹렬한 비난을 받게 된다.

  니몸 ㅎᄂᆞᆫ 능지처참을 ㅎ더러도 우리 거북이ᄂᆞ 살려쥬어
  ㅎ눈 목소리가 쓴너지기 전에 그 목에 칼이 푹드러가면셔 츈천집이 쩌드러졋다
  칼끗은 츈천집의 목에 꼿치고 칼자루ᄂᆞ 구레ᄂᆞ룻ᄂᆞ 놈의 손에 잇ᄂᆞᆫ디 그 놈이 그칼를 도로 쎼여 들더니 잠드러 자ᄂᆞᆫ 어린아희를 니려놋코 머리우에셔붓터 니리치니 살도 연ㅎ고 쎼도 연한 세 살 먹은 어린아희라 결죠흔 장작 쏘개지드시 머리에셔붓터 허리까지 칼이 내려갓더라
  구레ᄂᆞ룻ᄂᆞ 자가 츈천집이 설질럿슬가 넘녀ㅎ야 슙 쩌러진 츈천집을 두세 번 겁푸 찌르더니 두 숑장을 쩌러다

가 사퇴는 깁흔 골에 집에 쩌러터리는뎌 츈쳔집 모즈의
송쟝이 사퇴밥에서 내리 굴러드러가미 적적혼 손 가온뎌
은갓혼 달빗 뿐이라 그 밤 그 달빗은 인긴에 제일 처량혼
빗이러라

『귀의성』 83회(84회의 오기), 1907. 2. 24.

본처가 고용한 최씨는 길순이와 그 어린 아들을 전혀 거리
낌 없이 죽여버린다. 그런데 그 내용이 너무나 잔인하다. 보통
그저 죽었다에서 끝날 수도 있는 부분이다. 그러나 이인직은
심하게 과장되어 있다고 느껴질 만큼 너무나 상세하고 자세하
게 살인을 표현한다. 마치 글을 읽는 것이 아니라 그 상황 속
에서 그것을 눈으로 보고 있는 것처럼 너무나 그로테스크하게
그려내고 있다. 아이를 죽이는 장면은 "머리위에서부터 내리
치니 살도 연하고 뼈도 연한 세 살 먹은 어린아해라 결좋은 장
작 쪼개듯이 머리에서부터 허리까지 칼이 내려"갔다는 등 너무
나 섬뜩하게 묘사하고 있어서 읽기가 어려울 지경이다.

　최ㄱ의 귀에 ㅎ동지라 ㅎ는 소리가 드러가면셔 혼은 죽
기도 전에 황쳔으로 다라난다
　ㅎ동지가 철장 쩌갓한 팔을 쑥내밀려 쇠스랑갓하 손ㄱ
락을 짝버리더니 모흐로 드러누혼 최ㄱ의 갈비쩌를 누르
니 최ㄱ의 갈비쩌 부러지는 소리ㄱ 고목나무 삭직이 썩는
소리ㄱ 는다

궁동지는 옷에 피 한 졈 아니 뭇치고 최가를 죽엿더라

『귀의성』 124회(127회의 오기), 『만세보』, 1907. 5. 15.

궁동지가 호령을 천동갓치하면셔 달려드더니 졈순의
쏙진 머리치롤 웅키여쥐고 널셕혼 본석우흐로 쓸고가더니
번젹 드러메치는디 푸른 익기가 길길이 안진 바위우에 홍
보를 펴노흔드시 피빗쑨이라

『귀의성』 129회(132회의 오기), 『만세보』, 1907. 5. 23.

칼로 부인의 목을 치는디
원러 그 놉즈는 궁동지라
궁동지의 심은 장사이오 칼은 비수갓한지라 번기갓치
쌔른 칼이 번쩍하며 부인의 목이 쑥쪄러젓다

『귀의성』 132회(135회의 오기), 『만세보』, 1907. 5. 28.

길순이와 어린 아이가 처참히 죽은 이후, 강동지는 딸과 외
손자에 대한 복수를 시작한다. 복수의 장면 역시 그 잔인함은
만만치 않다. 최씨와 점순이와 본처를 하나하나 찾아가 잔인
하게 죽여나가는데, 마치 그 피가 튀는 장면을 눈으로 보는 듯
이 그려내고 있다. 요즘 유행하는 막장 드라마의 전형을 보는
것 같다. 악인은 피도 눈물도 없이 악하고, 온갖 악한 수법을
다 쓰지만, 이에 대한 복수도 만만치 않게 행해진다. 『귀의성』은
그런 복수극으로 현대 막장 드라마의 첫 장을 쓰고 있다.

개화기 신문과 의사소통의 장

조선 최초의 신문연재소설을 바라보는 독자의 마음은 어떠했을까. 『혈의누』의 인기는 그야말로 최고였다. 다른 신문에서도 언급했을 뿐만 아니라, 초창기 『만세보』를 안정시키는 데도 큰 역할을 했을 것이다. 상편이 끝난 이후, 『혈의누』는 바로 책으로 발간된다.

> 소설광고
>
> 혈의누는 작년 추에 만세보상에 연재ᄒ던 소설이온디 애독ᄒ시는 제씨는 차를 옥련전이라 칭ᄒ고 기하편 續載됨을 萬歲報分傳手에게 독촉하던 소설이온디 본포에셔 차를 발행ᄒ야 작일붓터 발매ᄒ오니 강람코자 ᄒ시는 제씨는 陸續來購ᄒ심을 望홈
>
> 發賣所布塵屛門下
>
> 金相萬書鋪[15]
>
> ◉ 신소설(혈의누)
>
> 일책 구십사 頁
>
> 정가 금 이십전
>
> 저작인 국초이인직씨

---

[15] 소설 광고, 『만세보』, 1907. 3. 29.

차신소설은 순국문으로 昨年秋에 萬歲報 上에 續載ㅎ얏
던거시온뒤 사실은 일청전쟁시에 평양이북인민이오 투에
경배가 척홈과 여히 병화를 경ㅎ는중에 평상성중에 옥연
이이라는김씨여아가 무한호 곤란을 경ㅎ고 외국에 유란ㅎ
며 유학호 실사가 유ㅎ니 차소설을 독ㅎ면 국민의 정신을
感發ㅎ야 무론남녀ㅎ고 혈루롤 가히 루할 신사상이 유홀
지니 차는 서양소설투룔 모범호 거시오니 구람군자는 세
독ㅎ심을 망홈

發賣所中署布屛下
金相萬書鋪[16]

『혈의누』는 『옥련전』이라 칭하며 그 인기를 누리고 있었다.
그것은 바로 책 발간으로 이어져 상업적인 이익을 누리게 된
다. 심지어 여전히 하편을 독촉하고 있을 정도로 『혈의누』의
인기는 상당했던 것으로 보인다.

(好稗者) 소셜긔즈족ㅎ 옥연의 소식을 왜 다시 젼ㅎ지
아니ㅎ시오 김승지 쏠 밉쇼[17]

한 독자는 독자투고란에 글을 보내어 『혈의누』 다음 이야기
를 써달라며 독촉하기도 했다. 당시 『귀의성』 42회가 연재중

---

[16] 3면 광고, 『만세보』, 1907. 3. 30.

[17] 好稗者, 〈小春月令 : 독자투고란〉, 『만세보』, 1906. 12. 8.(『귀의성』 42회 연재중)

인 상황이었는데, 그 전날까지 김승지 본처가 길순이와 아이를 죽일 궁리를 하는 부분이 연재되고 있었다. 내용상으로 보면 본처가 굉장히 사악한 인물로 나오고 있고, 김승지는 그런 본처의 눈치를 보는 인물로 등장한다. 그런데 독자는 김승지 꼴이 더 보기 싫다고 말하고 있다. 즉 본처의 상황도 이해가 간다는 것이다. 그 모든 상황을 만든 인물은 바로 김승지로, 남자들이 무분별하게 첩을 얻는 것에 대해 분노하고 있는 것이다.

조선 시대 후기에도 언문 소설의 독자들은 많았다. 그들은 세책방에서 책을 빌려보며, 자신들이 하고 싶은 말들은 그 책의 옆면에 슬그머니 적어놓기도 했다. 혹은 다른 이들이 적어 놓은 말들 옆에 자신들의 말도 적어 놓으며 그렇게 숨은 공간에서 자신들의 이야기를 나누고 있었다.[18]

그러나 근대계몽기에는 상황이 달라졌다. 매일 발행되는 근대매체인 신문이 생긴 것이다. 신문에는 자신들이 좋아하던 소설도 매일 실리고 있었다. 누구나 볼 수 있고, 또 누구나 그에 대해 이야기할 수도 있으며, 자신의 생각을 편지로 써서 신문사에 보내면, 신문에 자신의 글이 공개적으로 나가기도 했다. 그야말로 새로운 커뮤니티가 생긴 것이다. 작가에게 바로 자신들의 생각을 알릴 수도 있고, 자신들의 생각을 서로 나눌

---

[18] 이민희, 『조선의 베스트셀러―조선 후기 세책업의 발달과 소설의 유행』, 프로네시스, 2007, 66쪽 참조.

수도 있는 커뮤니티가 바로 신문 내에 있던 <독자투고란>이었다.

　신문은 새로운 의사소통의 장이었고, 또 그러한 의사소통에는 신문연재소설이 자리잡고 있었다. 독자들의 흥미를 붙들어두고, 내일을 기다리게 하는 신문연재소설. 그 새로운 장이 바로 근대계몽기에 열렸던 것이다.

2. 불륜 드라마와 삼각관계
─1910년대 『장한몽』과 『무정』

일본 번안의 시대 : 신파와 눈물

1910년대는 일제 강점의 시작되었던 때로 그전까지 있던 신문들이 폐간되고, 오로지 일제의 기관지에 가까운 『매일신보』 하나만 남게 되었다. 『매일신보』의 주요 목적은 조선총독부의 정책을 전달하고 식민지 조선의 안정화를 꾀하는 것이었다. 그러한 상황에서 판매부수를 확장하여 좀 더 많은 이들이 『매일신보』를 읽을 수 있게 해야 했다.

그러한 판매 전략으로 내세운 것이 번안소설의 연재였다. 일본에서 유행했던 가정소설들을 번안하여 우리의 입맛에 맞게 변형시켜 내놓기에 이른 것이다. 대표 번안물을 보면, 다음과 같다.

작가	연재 연도	작품명
조중환	1912. 7. 17 ~ 1913. 2. 4.	『쌍옥루』
	1913. 5. 13 ~ 1913. 10. 1.	『장한몽』
	1913. 10. 2 ~ 1913. 12. 28.	『국의향』
	1914. 1. 1 ~ 1914. 6. 9.	『단장록』
심우섭	1914. 6. 11 ~ 1914. 7. 19.	『형제』
	1917. 4. 3 ~ 1917. 9. 19.	『산중화』
이상협	1913. 7. 16 ~ 1914. 1. 21.	『눈물』
	1914. 10. 29 ~ 1915. 5. 19.	『정부원』
	1916. 2. 10 ~ 1917. 3. 31.	『해왕성』
진학문	1917. 9. 21 ~ 1918. 1. 16.	『홍루』
민태원	1918. 7. 28 ~ 1919. 2. 8.	『애사』

『매일신보』에 연재된 창작 소설들 중에도 일본 가정소설들에 영향을 받은 소설들도 태반이었다. 엄밀히 말하면, 대부분이 번안의 성격을 가지고 있다고도 할 수 있다. 신문이라는 근대매체가 훨씬 일찍부터 시작된 일본으로부터 편집이나 신문 기획을 『매일신보』가 그대로 가져왔을 확률도 높다.

그러나 일본 독자의 성향과 조선 독자의 성향은 다를 수밖에 없다. 또한 조선은 일본의 식민지가 되면서 더욱더 그 성향이 달라질 수밖에 없었다. 지배계층과 피지배계층의 대응 방식은 다르게 나타날 수밖에 없는 것이다. 또한 정서 역시 매우 달랐다. 여성의 정조에 대한 면에서는 조선 독자들이 훨씬 더 보수적인 경향을 가졌다. 그런 면에서 일본의 가정소설을 번역하여 가져오더라도 조선의 독자들이 좋아할 부분을 확대하여 번안할 수밖에 없었을 것이다.

신문에 연재된 소설들 중 꽤 많은 작품들이 신파극으로 공연되기도 했다. 그 중에서도 『눈물』, 『장한몽』, 『단장록』, 『정부원』 등은 엄청난 인기를 누리며 몇 번이나 재공연되었다. 독자들은 소설에서 내용을 확인하고, 또 소설이 연재되는 가운데 이미 연재된 분량 정도로 신파극을 만들어져서 그 공연을 감상하기도 했다. 1910년대 식민지 조선인들은 신문연재소설과 그것을 연극으로 만든 신파극을 보며 눈물을 흘리고 있었다.

일본의 『금색야차』와 조선의 『장한몽』

1910년대 가장 대표적인 번안 작품을 꼽으라면 단연 『장한몽』을 들 수 있다. 이수일과 심순애로 유명한 작품으로 실제 현재 진행되는 드라마들의 모티브가 되고 있기도 하다. 그리고 『무정』 등 후대 작품들에 지대한 영향력을 미치고 있다.

이 『장한몽』은 일본 오자키 코요의 『금색야차』를 조중환이 번안한 작품이다. 『금색야차』와 『장한몽』의 가장 큰 차이는 미야와 심순애의 정조 부분이다. 또한 결말 부분에도 큰 차이를 보인다.

『금색야차』에서 이수일에 해당하는 간이치와 심순애에 해당하는 미야는 서로 사랑하는 사이였다. 그런데 미야가 부를 위해 사랑하던 간이치를 버리고, 부자인 도미야마 다다쓰구와 결혼하게 된다. 미야는 현실과 감정 사이에서 괴리를 느끼며 괴로워하다가 부부로서의 의무는 이행하지만, 남편 도미야마에게 마음을 주지는 않는다. 그러다가 아이를 가지지만 결국 아이는 죽고 그 이후에는 간이치를 생각하며 아이를 가지지 않게 된다. 결국 간이치의 용서를 구하지만, 미야는 병에 걸려 죽게 되고, 간이치는 그런 미야를 불쌍하게 생각하게 된다.

『장한몽』의 구조 역시 『금색야차』와 닮아 있지만, 심순애라는 인물의 성격이 조금 다르다. 심순애는 『금색야차』의 미야보다 훨씬 더 허영이 가득한 인물이다. 순애는 부와 명예가 있는 사람을 기다리며, 금강석(다이아몬드)의 아름다움에 눈을 떼지 못하는 등, 돈이라는 물질에 유혹당하는 인물로 그려진다. 돈 때문에 이수일을 버리고 김중배와 결혼하지만, 실제로 결혼한 후에는 이 결혼을 후회하게 된다. 심지어 마음의 정조를 바친 이수일을 위해, 김중배와는 4년 간이나 부부관계를 하지 않는다. 즉 결혼해서도 처녀였다는 것이다. 그러다 더 이상 참지 못한 김중배가 자신의 아내인 순애를 겁탈하는 사태가 발생하고, 순애는 이를 더럽게 여겨 자살까지 시도한다. 그 때 이수일의 친구인 백낙관에게 구출되고, 그 이후부터 순애는 이수일에게 용서를 구한다. 결국 이수일은 순애를 용서하고, 순애는 이수일에게 돌아오게 되는 행복한 결말을 맺게 된다.

『금색야차』의 간이치는 좀 더 우유부단하고 소극적인 인물로 나온다. 어떤 면에서 현실도피적이고, 유약한 인물이다. 그런데 『장한몽』의 이수일은 좀 더 강한 인물이다. 순애에게 버림을 받고는 좀 더 독한 인물로 변신해 현실을 개척하게 된다. 자본주의의 양면성을 좀 더 강하게 보여주는 면이 있다. 『금색야차』에서는 근대화되는 과정이 별로 드러나지 않는 반면, 『장한몽』에서는 근대화되는 현실 속에서 돈놀이를 통해 자본을 모아가는 이수일이라는 인물의 성장을 보여준다. 이러한 면 역시 『금색야차』가 요미우리 신문에 연재되던 때의 일본의 현실과 『장한몽』이 연재되던 1913년의 현실이 다르기 때문에 나타난 현상이다.

어쨌든 『장한몽』은 식민지 조선의 현실에 맞게 변형되어 연재되었다. 『금색야차』가 그대로 번역되었을 때는 조선의 현실에서는 받아들이기 어려웠을 수도 있다. 따라서 작가는 번안을 하면서도 조선의 현실에 맞게, 조선의 정서에 맞게 변형시킬 수밖에 없었을 것이다. 또한 이러한 작가의 노력은 그대로 적중하여, 『장한몽』은 당대 최고의 소설이 되었고, 또한 신파극으로서도 최고의 인기를 누리게 된다. 그 후 수십 년 동안 『장한몽』은 '이수일과 심순애'라는 캐릭터를 구축하고, 다양한 연극으로 재생산되었다.

『장한몽』의 김중배는 정말 악인인가

앞서도 보았듯이 『장한몽』이 『금색야차』와 확실하게 갈라지는 부분이 바로 여주인공 심순애의 정조 문제이다. 『금색야차』의 여주인공 미야는 간이치를 버리고 다다쓰구와 결혼한 순간, 아내로서의 의무를 이행한다. 비록 아이는 죽었으나, 정상적인 부부관계도 하고 아이를 가지기도 했다.

그러나 심순애는 전혀 예상할 수 없는 상황을 전개시킨다. 김중배와 결혼하고서도 4년이나 정조를 지킨다는 것이다. 이수일과 심순애라는 주인공들의 시각으로만 보면, 김중배는 이 둘의 사이를 벌려놓는 악인이다. 그러나 또 다른 시각에서 보면, 김중배는 정당한 인물이기도 하다. 『장한몽』의 김중배는 자신의 아내 심순애를 매우 아꼈다. 기생집을 다니며 기생들과 놀아나기도 하지만, 사실 그것은 자신에게 소원한 심순애 때문에 생긴 문제였다. 다시 말해 김중배는 아내를 사랑했으나, 아내의 사랑을 받지 못함으로써 비뚤어지기 시작했다는 것이다.

그렇다면 김중배가 아내를 사랑했다는 증거는 무엇인가. 그것은 바로 4년이나 아내와 잠자리를 하지 않았다는 것이다. 아내가 허락할 때까지 기다렸다는 것, 그 자체가 바로 김중배가 아내를 사랑했다는 증거였다. 결혼했으나 아내는 자신의 진정한 아내가 아닐 때, 김중배는 그만큼 힘들어질 수밖에 없다.

4년이나 참았으나 아내가 자신을 받아들여주지 않자, 결국 김중배는 아내를 겁탈하는 초유의 사태를 벌인다. 순애에게 술을 먹이고 결국 강제로 부부관계를 하게 된 것이다. 물론 이 상황이 문제가 되는 것은 사실이지만, 그러나 4년이나 참아주었다는 것은 정상참작이 되는 것은 너무나 당연할 것이다. 그러나 김중배는 4년이나 참았음에도 불구하고 악인이 되어버린다. 그리고 아내 순애는 결혼하고서도 4년 동안 지킨 정조를 남편 김중배에게 빼앗기고 결국 자살까지 시도하게 된다.

지금의 시점에서 보면 순애는 그야말로 나쁜 인물이다. 아내로서의 의무는 이행하지 않으면서, 남편이 주는 부는 누리겠다는 이기적인 인물이라고 할 수 있다. 4년이나 기다려준 남편을 치한으로 만든 것은 바로 순애 자신이었다.

그렇다면, 왜 이런 말도 안 되는 사태가 벌어진 것일까?『금색야차』의 미야의 상황은 차라리 개연성이 있는 전개였다. 적어도 아내로서의 의무를 이행하기는 했으나, 아이가 죽은 이후 결국 남편과 소원해진 경우는 충분히 가능한 일이다. 그러나『장한몽』의 순애의 태도는 그야말로 비현실적인 모습이다. 굳이 작가가 이렇게 스토리를 비현실적으로 만든 이유는 무엇일까? 그것은 조선의 정서 때문이었다.

조선의 정서는 일본의 경우보다 훨씬 가부장제적이고 보수적이다. 유부녀가 총각인 옛 애인을 잊지 못한다는 것은 도저히 받아들여지지 못하는 부분이다. 조선의 소설에서 여주인공은 착한 인물이어야 했다. 문제가 있는 악한 인물이 주인공이 될 수는 없다. 또한 향후 진행될 내용에서도 유부녀가 바람피우는 듯한 내용이 받아들여질 수도 없었다. 그러한 상황에서 나온 자구책이 바로 순애가 결혼하고서도 4년이나 정조를 지킨다는 설정이다. 그래서 김중배의 간계에 빠져 정조를 잃고 나서도 자살까지 시도하게 되는 것이다.

이 자살이라는 것은 매우 중요한 사건이다. 자살이야말로 새로운 삶의 계기가 된다. 유부녀가 바람나는 것을 용납할 수 없는 정서에서 유부녀가 처녀로 돌아갈 수 있는 방법을 제공하고 있는 것이 바로 자살 모티브다. 결국 4년이나 정조를 지키려고 했다는 것과, 정조를 잃은 후 자살을 시도했다는 것이 정조를 회복하는 것으로 대치되고 있는 것이다.[19]

그렇다면 그 당대 독자들은 『장한몽』을 통해 무엇을 보았을까. 역시 돈을 좇아 살면 안 된다는 교훈을 얻었을 것인가. 그러나 실제로 이 작품이 인기가 있었던 것은 작가의 의도와는 다른 면이었을 것이다. 작가가 여러 장치를 통해 순애를 정죄하고, 또 계몽적 요소와 정조의 중요성을 설명하고자 했다고 하더라도, 가장 기본적인 구조는 변할 수 없는 것이다.

순애는 바로 유부녀였다. 그리고 유부녀가 예전에 만났던 애인, 여전히 총각으로 지내는 애인을 만나 다시 결혼하게 되

---

[19] 정조에 대한 문제는 전은경의 『근대계몽기 문학과 독자의 발견』(역락, 2009)에서 참조.

는 그야말로 유부녀들의 판타지였던 셈이다. 지금도 여전히 인기있는 소재라 할 수 있다.

지금 인기 있는 드라마들 중에는 유부녀가 총각과 다시 결혼하는 내용들도 꽤 많이 나온다. 남편의 바람 때문에 이혼하지만, 이 유부녀는 억척같이 일해서 직장에서도 인정받고, 심지어 부잣집의 괜찮은 남자의 구애도 받게 된다. 2011년 초에 종영한 『역전의 여왕』에서는 결국 이혼녀가 회사의 회장 아들이자 총각인 괜찮은 남자와 행복한 결말을 맺기도 한다.

100년이 지나서도 여전히 이 같은 내용은 반복 재생된다. 그것은 독자들의 욕망이 여기에 담겨 있기 때문이다. 여전히, 아직도, 현재에도 유효한 것이다.

『무정』: 계몽에 가려진 진실

이광수의 『무정』은 최초의 근대소설로 알려져 있다. 『무정』은 1917년 1월 1일부터 6월 14일까지 『매일신보』에서 연재되었다. 『무정』이 연재된 곳은 바로 『장한몽』 등이 연재되었던 바로 그곳이었다. 『무정』이 연재된 직전에도, 또 『무정』이 연재된 이후에도 번안물들은 연재되었다. 즉 『무정』 때문에 지식인 독자들이 늘어난 것은 사실이겠지만, 그전부터 이 신문 연재소설을 봐오던 기존의 소설 독자들 역시 그대로였다.

그것은 『무정』이 『장한몽』 등의 소설에서 자유로울 수 없다는 점이다. 선정적이고 자극적인 흥미유발은 『무정』에도 존재하고 있었던 것이다. 대체로 『무정』은 삼랑진 수해 사건이 일어났을 때, 민족과 나라를 위해 실천해야 한다는 계몽적인 소설로 기억하고 있다. 그러나 실제 『무정』은 매우 흥미롭고도 자극적인 소설이었다.

앞서의 소설들과 마찬가지로 겁탈과 자살 등 자극적인 요소들이 자주 등장하고 있다. 실제로 영채는 김현수와 배명식에게 겁탈을 당하게 되는데, 이 겁탈 장면은 36회(1917. 2. 16)부터 48회(1917. 3. 2)까지 총 13회에 걸쳐서 등장하고 있다. 처음 겁탈 당하는 장면뿐만 아니라 영채가 회상을 하거나, 형식의 상상을 통해서 몇 번이고 반복된다. 이는 사건의 심각성을 부각하기보다는 독자들의 말초적인 신경을 건드리며 궁금하게 하고 흥미를 자극하는 부분이었다.

『무정』 연재	날짜	내용
36회	1917. 2. 16.	영채가 밤이 되어서도 돌아오지 않고, 형식에게는 영채가 구해달라는 다급한 목소리가 들림.
37회	1917. 2. 17.	형식은 신우선에게 도움 요청. 형식은 영채가 남자에게 위협을 받는 모습이 상상됨.
38회	1917. 2. 18.	신우선은 월향(영채)이 난봉꾼인 김현수와 배명식 손에 들어갈 것임을 짐작함.
39회	1917. 2. 20.	청량사 암자에서 김현수와 배명식이 월향을 겁탈하는 현장에 형식과 우선이 들이 닥침. 영채의 흐트러진 모습과 형식의 심정 자세히 묘사

『무정』 연재	날짜	내용
40회	1917. 2. 21.	김현수와 배명식은 형사에게 포박, 형식 분노
41회	1917. 2. 22.	노파는 치마가 찢겨온 영채를 보며, 영채가 겁탈 당하는 장면을 상상함.
42회	1917. 2. 23.	영채는 입술을 물어 뜯어 피가 나고 명주수건에 그 피가 묻음. 영채는 겁탈 당하던 장면을 다시 회상.
43회	1917. 2. 24.	괴로워하는 형식
44회	1917. 2. 25.	형식은 청량사에서 본 영채의 강간 장면을 다시 떠올림.(자세한 묘사)
45회	1917. 2. 27.	형식은 정절을 잃은 영채를 더럽다고 생각하며 선형을 깨끗하다고 여김.
46회	1917. 2. 28.	우선은 형식을 걱정함. 청량리 사건이 남아 형식을 괴롭힐 거라 생각함.
47회	1917. 3. 1.	우선은 형식을 영채의 집으로 데려가고, 형식은 "벌써 늦었다"는 겁탈 현장에서의 우선의 말을 떠올림.
48회	1917. 3. 2.	형식은 영채의 방에서 방 벽에 걸린 피묻은 치마를 보고 괴로워함. 그 날 영채의 모습 다시 회상

〈영채의 처녀성과 연관된 『무정』 주요 내용〉[20]

영채가 김현수와 배명식에게 겁탈을 당한 것은 굉장히 중요한 사건이다. 영채는 이 사건 이후, 자살을 시도하고, 그 이후 구여성에서 진취적인 신여성으로 변화하게 된다. 또한 삼각관계의 면에서도 보면, 형식이 선형을 선택하게 되는 구체적인 계기가 된다.

그런데 문제는 이러한 겁탈 사건을 13회에 걸쳐 여러 번 상

---

[20] 영채의 처녀성에 관한 논의가 13회 동안 이어진 사항과 연재분 주요 내용은 전은경의 『근대 계몽기 문학과 독자의 발견』(앞의 책), 245~257쪽 참조. 그 외에 『무정』의 영채 강간 장면에 주목한 논의로는 박영준의 「〈무정〉의 강간 모티프 연구」(『현대소설연구』 22호, 한국현대소설학회, 2004)와 정혜영·류종열의 「근대의 성립과 '연애'의 발견」(『한국현대문학연구』 18집, 한국현대문학회, 2005. 12) 등이 있다.

기시킨다는 것이다. 이것은 소설의 개연성 문제를 떠나 선정적인 부분을 들추어 독자들의 흥미를 붙들어 두려는 의도인 것이다.

① 「치마를 왜 찢겨? 치마를 찌끼도록 반항홀 것이 무엇이어?」 호고 로파는 호독호독 늣기는 영치의 등을 보며 싱각혼다 못싱긴 김현슈가 영치의게 쩌밀치우던 양과 더 못싱긴 비명식이가 쩌밀치고 악을 부리는 영치의 팔을 잡아쥬던 양과 영치가 니를 쌔드득 호고 갈던 양을 생각호고 로파는 쏘 혼번 우섯다

『무정』 42회(실제로는 41회), 『매일신보』, 1917. 2. 22.

② 영치의 눈압헤는 앗가 청량리에셔 맛나던 광경이 더욱 분명호게 보인다 김현슈의 그 즘싱ㅈ흔 눈 그것혜셔셔 쌈니 나는 손슈건으로 영치의 입을 트러막던 비명식의 몸양 비명식이가 영치의 두 팔을 꽉붓들 찌에 밋친 듯혼 김현슈가 두 손으로 즈긔의 두 귀를 꽉붓들고 슐넘시와 구린니 나는 입을 즈긔의 입에 디던 모양 「이 계집을 빗그러 밉시다」 호고 김현수가 즈긔의 두 발을 붓들고 비명식이가 눈을 씽긋씽긋호며 즈긔의 두 팔목을 다님짝으로 동여미던 모양 그러혼 뒤에 「이년이 발길년! 이제도」 호고 김현슈가 썰썰 웃던 모양이 더욱 분명호게 보인다

『무정』 41회(실제로는 42회임), 『매일신보』, 1917. 2. 23.

③ 김현슈가 영창을 쩌들고 일어나던 양과 영치의 입슐
  에 피가 흐르던 것과 영치의 옷이 흘너ᄂ려 하연 허
  리가 한쎔이나 드려낫던 것을 싱각ᄒ얏다 그러고 우
  션이가 「모-짜메짜」 ᄒ던 것을 싱각ᄒ얏다 영치ᄂ
  과연 김현수에게 몸을 더럽힘이 되얏ᄂ가 ᄒ고 싱각
  을 ᄒ얏다 (중략) 그러나 그 손발을 동여민 것이 무
  슨 뜻일가 그 치마와 바지가 쩌져지고 다리가 드러낫
  슴이 무슨 뜻일가

『무정』 44회, 『매일신보』, 1917. 2. 25.

④ 형식의 눈은 모긔장으로서 문달린 벽으로 돌앗다 형
  식은 문칫ᄒ얏다 그 벽에ᄂ 쩌져진 치마가 걸렷다 형
  식의 머리 속에ᄂ 쳥량리 광경이 빙그르 돈다 그 치
  마 압즈락에ᄂ 피가 무덧다 형식은 남모르게 쩔리ᄂ
  슘소리를 죽이고 입슐을 쏙 물엇다 그러고 「나도 영
  치 모양으로 입슐을 무ᄂ고나」ᄒ고 참 치마에서 눈
  을 쩨엇다 동대문 오ᄂ 던챠 속에서 영치가 치마의
  쩌져진 것을 감초ᄂ 양을 보고 계집이란 이러ᄒ ᄭ째에
  도 인사를 챠린다 ᄒ던 싱각이 ᄂ다 바로 치마밋헤
  피무든 명지수건 조각이 형식의 눈에 들엇스나 형식
  은 그것이 무엇인지 몰랏다

『무정』 48회, 『매일신보』, 1917. 3. 2.

위의 예문은 실제 겁탈 당한 상황 외에 인물들의 회상이나 상상을 통해 겁탈 장면이 재구되는 부분이다. 겁탈 장면 자체도 굉장히 긴박하게 전개되어 독자를 계속 긴장하도록 만들었다. 영채가 괜찮은지, 벌써 일을 당한 것인지 끊임없이 궁금하게 만든다. 그 상황에서도 영채의 모습은 매우 구체적이고 자세하게 묘사되었다.

그러나 문제는 그 이후의 묘사는 더욱더 심각하다. ①은 기생집의 주인 노파의 상상이고, ②는 영채 스스로 그 장면을 다시 곱씹어 보는 장면이다. ③은 집에 돌아온 형식이 다시 회상하는 모습이고 ④는 형식이 다시 영채의 집을 방문한 이후 그날을 다시 떠올리게 되는 장면이다.

실제 겁탈 장면에서는 의미상의 개연성 때문에 충분히 가능했다고 하더라도, 나머지 예문에서 보여주는 상상과 회상 장면은 그야말로 선정적인 묘사로 관심을 끌려는 의도가 다분하다. 그 당시 사건만을 이야기해도 되지만, 굳이 영채의 모습을 구체적으로 여러 번 반복해서 묘사하고 있는 것, 또한 앞에서 서술되지 않은 부분이 새로 언급되며 상황도, 영채의 모습도 더욱더 자세하게 묘사되고 있는 것은 선정적인 표현에 다름 아니다. 심지어 노파는 영채의 모습을 상상하며 웃기까지 한다.

사실 이러한 면은 신문연재소설의 가장 기본적인 특징인 흥미유발의 한 단면이다. 『무정』 역시 그러한 신문연재소설의 역할에 충실했다. 대부분의 사람들이 『무정』을 삼랑진 수재에 대한 계몽적인 내용이라고 기억하지만, 사실상 『무정』은 『장한몽』이 놓여 있던 자리에 연재되었던 신문연재소설이었다. 어떻게 하면 흥미를 유발할 수 있는지, 어떻게 독자의 시선을 고정시켜놓고 다음 호를 기다리게 할 수 있는지, 이광수 역시 알고 있었던 것이다. 그런 면에서 『무정』의 자리와 『장한몽』의 자리는 꽤 비슷한 곳에 있었다. 비판적 계승이라고 하더라도, 『무정』은 신문연재소설로서의 입지를 벗어나기는 어렵다. 이는 나중에 이광수 문학 전반에도 영향을 미치는 부분일 것이다. 독자의 호응을 얻었고, 그런 흥미로운 소설을 연재했던 이광수가 그러한 독자의 호응을 놓기란 어려웠을 것이다.

『무정』이 『장한몽』보다 계몽적인 측면이나 내용적인 측면에서 더 나은 것은 사실이다. 『장한몽』에서 보이는 남녀 관계로서의 삼각관계는 김중배를 악인으로 취급함으로써 두 연인을 방해하는 악인으로 등장시켰다. 그런데 『무정』은 삼각관계 내부에 있는 인물들 모두 악인이거나 방해꾼으로 등장하지 않는다. 선형도, 영채도, 형식도, 모두 주변에서 볼 수 있는 평범한 인물들이다. 그런 평범한 인물들이 서로 마음을 주고받고, 또 연애의 대상을 고르는 부분은 굉장히 현실적인 부분이라 할 수 있다. 또 그 외에 민족주의적인 계몽 의식도 『무정』을 다른 신문연재소설과는 다른 위치에 놓게 한다.

그러나 그럼에도 불구하고 『무정』의 기본 뼈대 골격은 신문연재소설이었다는 것이다. 그것은 그만큼 흥미 위주의 내용과 선정적인 구조를 내재하고 있었다는 것이다. 그래서 『무정』은 재미있었고, 그만큼 인기가 있었다. 최초의 근대소설 역시 이 대중소설, 신문연재소설의 자리에서 탄생했던 것이다.

독자 커뮤니티의 시대

1910년대는 언론통폐합으로 『매일신문』 외에는 모두 폐간당했다. 그러한 상황에서 『매일신보』는 판매부수를 올릴 전략을 세우게 된다. 그 중 하나가 연재소설을 싣는 것과 연극장 티켓 할인권을 주는 것이었다. 또 다른 방법이 <독자투고란>을 열어 독자들이 참여할 수 있도록 했다.

사실 1900년대에도 독자투고란은 다양한 방식으로 등장하고 있었다. 『만세보』에도 독자란을 따로 두고 있었고, 『대한매일신보』에도 '기서', '편편기담', '투서' 등 다양한 형태로 자신의 의견을 낼 수 있었다. 그러나 개화기의 신문에서는 독자층이 지식인들로 한정되어 있거나 아니면 신문기자들이 내는 경우도 종종 보인다. 또 『대한매일신보』의 경우는 현재와 같은 <독자투고란>이 아니라 문예면의 형태로 진행되었기 때문에 일반 독자투고란과는 다른 양상을 보였다.

사실 개화기 신문에는 투고자의 성별이나 계층이 한정될 수밖에 없었다. 개인 단독으로 실리는 경우도 많았기 때문에 사실상 여성 독자보다는 남성 독자가 많을 수밖에 없고, 교육받은 지식인 독자가 대부분을 차지했다고 할 수 있다.

『매일신보』는 언론통폐합이 되면서 유일한 신문이었고, 신문연재소설 등 그들의 상업 전략은 조선 중하위층을 독자 대상으로 하고 있었다. <독자투고란>은 앞의 기서나 투서 등과는 달리 한두 줄에 불과했기 때문에 다양한 계층이 참여할 수 있었다. 남성뿐만 아니라, 부녀자, 학생, 기생, 인력거꾼 등 각계 다양한 층에서 참여하고 있었다.

『매일신보』의 <독자투고란>은 '塗聽途說'(1912. 3. 1.~1912. 8. 23.), '四面八方'(1912. 8. 24.~1912. 10. 23.), '독쟈구락부'(1912. 11. 6.~1913. 12. 4.), '매일구락부'(1913. 12. 5.~1913. 12. 7.), '투셔함'(1913. 12. 12.~1914. 1. 11.), '독쟈긔별'(1914. 1. 13.~1916. 2. 15.)로 변화된다. 또한 1916년 2월 16일부터 1919년 6월 15일까지는 잠정적으로 폐지되어, 이 기간 동안에는 총 36일간 게재되는 데 그쳤다.[21]

<독자투고란>을 통해서 독자들이 각종 불만과 불평, 또 욕망을 드러내자,『매일신보』측은 여러 차례 경고를 한다. 사회 안정화를 꾀하고 있는 입장에서는 이러한 독자들의 불만이 도리어 해악을 끼칠 수 있는 상황이었다. 따라서 신문사측은 그러한 소리를 강경하게 막으려 하지만, 독자들은 서로가 서로의 이야기에 귀 기울이고 맞장구치면서 사회적 목소리를 확산해 갔다. 처음에는 재미로 시작했겠지만, 어느 순간 서로 소통

---

21 『매일신보』 독자투고란과 그 내용 분석은 전은경의 『근대계몽기 문학과 독자의 발견』(앞의 책) 참조.

하면서 불만을 토로하고 자신들의 욕망을 드러내기도 했던 것
이다. 이러한 독자들의 성향은 신문사측에서는 위협적일 수밖
에 없었다. 따라서 『매일신보』는 1916년 2월 16일부터 1919년
6월 15일까지 <독자투고란>을 폐기해 버린다. 물론 그 사이
에도 독자들이 자꾸 요구를 했는지, 36번 정도 다시 올라오기
도 한다. 그러나 결국 그 내용은 자신들의 의도와는 달리 욕구
불만과 불평만 나오자 다시 폐쇄하기에 이른다.

그런데 여기에 또 다른 재미가 있다. 분명 신문사에서는 독
자들의 불평을 잠재우고 사회적 물의를 만들지 않기 위해서
<독자투고란>을 닫아 버렸다. 독자들의 입장에서는 그들이
서로 소통하고 자신들의 목소리를 나눌 수 있는 아고라의 장
인 커뮤니티가 사라져 버린 것이다. 소통하는 재미를 이미 느
낀 이들에게는 답답하지 않을 수 없는 노릇이었을 것이다. 그
러한 상황에서 『매일신보』가 유일하게 열어놓은 독자 창구는
신문연재소설에 대해 나눌 수 있는 <독자편지> 형식의 글이
었다. 따라서 <독자투고란>에 열심히 자신의 이야기를 올렸
던 독자들 중 일부는 <독자편지>를 통해 자신들의 의견을 피
력하게 된다. 또한 이는 소설에 관한 독자 의견을 피력하게 만
드는 계기가 되었다. 결국 <독자투고란>이 닫기면서 문예면
과 소설에 대한 감상평이 많아지고 문예면에 대한 독자 참여
가 좀 더 많아졌다고 할 수 있다.

이러한 소통의 장은 결국 대중문학을 강화하고 발달하게 만

드는 요인이 되었다. 그것이 가지는 사회 변혁적 성격을 차치
하더라도 대중문학을 공유하고, 또 독자들의 커뮤니티를 형성
하는 것은 놀라운 일이다.

　지금의 인터넷의 발달과도 같은 일이었다. 사실 『매일신보』
는 유일한 신문이었다. 즉 단일한 소통 통로를 통해 흥미로운
신문연재소설을 공유하며 자신들의 커뮤니티를 형성했던 것이
다. "결말을 어떻게 해 달라, 다음 호는 언제냐, 너무 좋았다"
등, 자신의 의견을 피력하고, 작가는 그러한 독자들의 의견을
무시하지 못하고 반영할 수밖에 없었을 것이다. 지금과도 마
찬가지였다. 100년 전 재미있고도 놀라운 현상이다.

3. 대중소설의 전형
―1930년대 『찔레꽃』과 『순애보』

『찔레꽃』의 세계 : 문학계의 대반란

『찔레꽃』은 김말봉의 장편소설로 1937년 3월 31일에서 10월 3일까지 6개월가량 『조선일보』에 연재되었다. 그 당대 『찔레꽃』의 인기는 요즘 말로 하면 거의 '페인'의 수준이었다. 『찔레꽃』 때문에 『조선일보』와 양대 산맥을 이루던 『동아일보』의 판매부수가 내려갈 정도로 엄청난 타격을 받기도 했다. 『찔레꽃』의 안정순은 전국민이 지켜보고 기대하는 인물로 변화되었고, 모두들 안정순이 어떤 남자를 택할 것인가, 또 안정순의 앞길이 어떻게 될 것인가에 대해서 관심을 집중시켰다고 한다.[22]

---

[22] 김항명, 「찔레꽃 피는 언덕」, 정하은 편저, 『김말봉의 문학과 사회』, 종로서적, 1986, 137~155쪽 참조.

이러한 『찔레꽃』의 인기는 문단계에서도 주목하지 않을 수 없었다. 사회주의 계열의 문학가이자 비평가인 임화 역시 이러한 현상에 대해 주목하고 분석하기에 이른다.

그러나 『밀림』을 들고 문단에 데뷔한 김말봉 씨의 스마트한 맛은 결코 전자와 같은 것이 아니고, 현대소설이 하자(何者)를 물론하고 헤어나기 곤란한 고민 가운데 빠졌을 때 그런 현상을 일체 보고도 안 본 체하고 나선 것이다.

씨의 소설이나 문학적 성격을 가리켜 대담타고 평하는 것은 이런 데서 연유하지 않았는가 한다.

진실로 김씨의 '출세'는 돌연적이고 대담하였다. 그의 소설 가운데 현대 조선소설의 깊은 고민이나 작가들의 심혈을 다한 오뇌 같은 것은 하나도 돌아볼 가치가 있는 것이 아니었다.

씨는 자기 독특한 방법을 가지고 현대소설의 깊은 모순인 성격과 환경의 불일치를 통일하였다. 이 점이 통속적인 의미에서일망정 김씨를 좌우간 유니크한 존재를 만들게 한 것이다.

그것은 여태까지 조선서 전례를 보지 못한 순통속소설, 상업 문학의 길의 확립이고, 그 방향에의 매진이다.

이 증거로써 김말봉 씨가 문단에 출세한 경로를 생각하면 흥미있는 바가 있다. 즉 우리 문단에서 씨처럼 최초부터 통속소설을 들고 나온 작가도 없고, 그 길에 철저한 이가 없는 것이 우리에겐 흥미있는 과제다.

범박히 예술소설의 위기로 하지만, 본격적 통속문학이 출현하려면 그 지반이라 할까 궤도라 할까가 오래 전부터 미리 준비되는 것으로, 그 전 조선문학이 그다지 깨닫지 못하던 신문소설의 발전이다.[23]

임화는 『찔레꽃』이 통속소설이므로 비판받아야 한다는 이 분법을 내세우지 않는다. 도리어 왜 이 『찔레꽃』이 인기인지, 또 김말봉이라는 작가의 특수성은 어디에 있는지에 대해서, 그와 관련한 신문매체의 상업성에 대해서까지 고민하고 있다. 그 가운데 임화는 김말봉이 순수한 통속소설 작가로 등장했다는 점에 주목한다. 그 이전까지 신문소설은 사실 통속소설이라기보다는 순수소설, 예술소설을 쓰기 위한 통로였다. 잡지에서 장편을 연재할 상황은 못 되니, 장편을 연재하고자 할 때는 신문의 공간을 활용할 수밖에 없었다. 그러한 상황에서 장편은 신문매체로, 단편은 지식인 잡지로 갈리는 현상이 생기게 된다. 임화는 이러한 상황에 주목하고 있다.

그러나 신문이 점차 기업화에의 길을 더듬고 저널리즘이란 것이 그 전과 같이 계몽성에서 현저히 상업성을 띠게 되자, 장편소설 발표의 조선적 특수성인 신문과 문학과의 관계는 일종의 모순을 정하게까지 되었다.

---

23 임화, 『문학의 논리』,(임화문학예술전집 편찬위원회편, 전집3), 소명, 2009, 312~313쪽.

　　그것은 예술소설보다는 신문 기업의 입장에서 볼 때 통
　속소설이 훨씬 더 많이 독자를 끌 수 있다는 사정 때문으
　로, 재래의 장편소설로서는 발표기관의 상업성과 타협하
　느냐, 그것과 깨끗이 분리하느냐 하는 국면에 봉착하게
　되었다.

임화, 『문학의 논리』, 313쪽.

임화는 정확하게 신문의 자본주의적 성향을 짚어내고 있다. 또 장편소설을 신문에 실을 수밖에 없는 현실성에 대해서도 지적한다. 그리고 이 문제는 예술주의 소설들의 모순을 드러내는 계기가 된 것으로 분석한다. 결국 예술주의 작가라 할지라도 장편을 싣고 싶다면, 신문의 상업성을 무시할 수 없는 상황이 되었다는 것이다. 여기에 이미 모순이 내재되어 있다.

이러한 상황에서 이와는 완전히 반대로 처음부터 통속소설을 표방하며 나온 작가가 바로 김말봉이었다. 임화 역시 이렇게 통속소설을 쓰겠다고, 자신은 통속소설 작가라고 외치며 나온 경우는 처음이라며 경이롭게 생각한다. 특히 임화는 김말봉이 처음부터 통속소설을 쓰겠다고 나왔기 때문에 놀라운 결과를 도출했다고 생각한다. 즉, "수년래의 조선 소설계는 마치 의자를 장만해 놓고 어느 한 사람을 기다리는 것처럼 한 사람의 완전한 통속 작가를 대망하고 있었다. 그 때에 나타난 것이 『밀림』과 『찔레꽃』의 작가 김말봉씨다"[24]라고 시대가 배태한 작가라고 결론 내린다.

세태 묘사와 심리 성찰이라는 측면에서 분열되어 30년대 예술소설의 위기가 찾아온 상황에서 이러한 "예술소설의 불행을 통속소설 발전의 계기로 전화시킨"[25] 작가가 바로 김말봉이었던 것이다. 이러한 차원에서 김말봉의 완벽한 승리라고 임화는 평가한다. 다시 말해 예술주의 소설들이 어쭙잖게 상업성과 결탁하여 장편소설을 신문에 연재하지만, 이미 그 속에 모순을 내재한 이러한 소설들은 독자들로부터 외면을 받게 된다. 그런데 김말봉은 처음부터 통속소설을 표방했다. 그런데 도리어 이 김말봉의 통속소설이 앞서 말한 어쭙잖은 예술주의 소설들보다 더 의미가 있다는 것이다.

김말봉의 통속소설, 『찔레꽃』은 문학사에서도 엄청난 반향을 일으킨 작품이다. 이 작품의 인기로, 본격소설 작가들의 반성이 일어나고, 통속소설 연구를 할 만큼 대단한 영향력을 끼쳤다. 그런 면에서 『찔레꽃』은 한국 대중소설사에서 가장 전범이 되는 작품이라고 할 수 있다.

『찔레꽃』, 여성의 입장에서 본 이수일과 심순애

『찔레꽃』의 주인공은 안정순이라는 22살의 여성이다. 안정

---

24 임화, 앞의 책, 315쪽.

25 임화, 앞의 책, 315쪽.

순에게는 경성대 삼학년에 재학중인 이민수라는 애인이 있다. 가난했던 안정순은 은행장이었던 조만호의 집에 가정교사로 들어가게 된다. 조만호에게는 동경에서 미술을 배우고 온 경애라는 딸이 있는데, 이 경애에는 윤영환이라는 남자가 구애 중이다. 경애가 탄 말이 위험에 처했을 때, 민수가 도와주게 되고, 경애는 민수를 사랑하게 된다. 그 와중에 경애는 민수와 정순이 애인 관계라는 것을 눈치 채고 질투하나, 경애의 오빠인 경구에게서 둘 사이가 외사촌간이라고 전해 듣고 안심하게 된다. 결국 경애는 민수를 찾아가 정순과 민수 사이를 오해했다고 말하고, 민수는 그 상황을 다시 오해하게 된다.

조만호의 아내는 죽기 전 유언으로 조만호와 정순이 맺어지길 바란다. 또 자신의 딸 경애와 민수가 결혼하라고 하며 죽는다. 이러한 상황에서 조만호와 그의 아들 경구는 두 사람 다 정순을 사랑하게 되고, 민수는 정순의 마음이 변했다고 오해하게 된다. 그 때 정순이 민수에게 편지를 보내나, 민수는 그 편지가 정순의 마음이 변했다는 것을 전한다고 보고 배신감에 치를 떨며 보란 듯이 경애와 만나기 시작한다.

한편 조만호는 기생 백옥란과도 관계를 맺는데, 사실 옥란은 최근호라는 인물을 사랑하여 이 사람 때문에 정조를 지켜오고 있었다. 그러나 아이를 키우며 살기에는 너무나 쪼들리는 형편에 결국 돈 때문에 조만호와 관계를 맺고, 조만호에게 아내 자리를 달라며 약조를 받아낸다.

침모는 조만호의 돈을 탐내서 자신의 딸 영자를 정순으로 속여 조만호와 관계를 맺게 한다. 조만호는 영자를 정순으로 알고 품게 된다. 조만호는 정순과 약혼 발표를 하려 하고, 정순만 모른 채 다른 이들은 모두 조만호와 정순이 관계를 맺었다고 생각하게 된다. 그래서 경구, 민수 모두 정순이에게 돌아선다.

기생 백옥란은 돈 때문에 자신의 정인인 최근호까지 잃고, 조만호는 자신을 배신하고 정순과 약혼하려 하자 복수심에 칼을 들고 조만호의 침실에 들어간다. 조만호의 침실에 있던 여자를 정순으로 알고 칼로 찌르지만, 그 여자는 정순이 아니라 침모의 딸 영자였다. 이 때문에 모든 이들이 정순의 순결함을 알게 된다.

정순의 결백함을 알게 된 민수는 정순을 찾아와 사죄하며 다시 받아주기를 원하지만, 정순은 단호히 거절한다. 민수가 이미 경애와 약혼을 했으니, 다른 여자는 울리지 말라며 단호하게 언급한다. 그 때, 경구가 정순에게 다가오고, 경구가 "정순씨"라고 부르면 돌아보는 데에서 끝이 난다.

결국 민수는 지독한 오해와 질투로 『장한몽』의 이수일처럼 질투심에 불타 다른 여성을 통해 복수하려 했다면, 정순은 그러한 민수를 버리고, 새로운 남자를 만나는 것으로 끝이 나는 듯하다. 특히 이 마지막 부분은 열린 구조로 그 당시에는 엄청난 파격적인 구성이었다. 사실 『찔레꽃』의 마지막 부분은 현대 드라마나 영화에서도 반향을 일으킬 만한 부분이다. 그만큼 새로우면서도 여성의 단호하고도 자주적인 모습을 보여준다.

<꽃보다 남자>와 『무소의 뿔처럼 혼자서 가라』의 경계

『찔레꽃』의 안정순을 둘러싸고 숱한 남성들이 안정순에게 구애를 한다. 나이를 막론하고 본다면, 조만호와 그의 아들 조경구, 안정순의 원래 애인이었던 이민수까지 여러 남성들에게 애정의 시선을 받고 있다. 가난하지만, 올곧은 여성으로 살아가는 안정순은 일본 원작 드라마 <꽃보다 남자>의 금잔디와도 비슷하다. 돈에 굴하지 않고, 스스로 돈을 벌며 자신의 삶을 영위하고 있다.

그런 가난하지만 지조를 지키려는 안정순의 주위에는 엄청난 재력을 가진 인물들이 포진해 있다. 조만호 일가는 엄청난 부를 소유한 집안으로 조만호의 아들은 세계일주를 다녀오고, 조만호의 딸, 조경애는 말을 타고 도시를 달린다.

　　『요—』

하고 사람들이 소리를 치는 방향으로 고래를 돌리는 영환의 눈에 방금 말을 몰아 선로를 향하여 돌진하는 한 사나

이가 비쳤다. 검은 저고리 흰바지!

『누굴까?』

영환은 탄환과 같이 달려가는 그 젊은 사람이 점점 경애의 뒤를 육박하고 있는 것이 꿈속에서 보는 그림처럼 아늑하게 보였다.

『경애씨! 경애씨!』

하고 파랗게 얼굴이 질린 체 잠꼬대처럼 부르짖고 있는 영환의 눈에 인제 기차와 말의 사이는 겨우 오십미터밖에는 남지 않았다. 그는 두 손으로 얼굴을 쌌다.

갑자기 와—하고 사람들의 부르짖는 소리와 함께 손벽소리가 다시 들려온다. 청년의 탄 말이 경애의 말을 육박한 것이다.

말과 말은 드디어 나란히 기차를 향해 달리기 시작하였다. 군중은 또 다시 소리를 쳤다.

그러나 그 담 순간

앗!

영환은 두 손으로 눈을 가리워 버렸다. 맥진(驀進)하여오는 기관차에 무참히도 말 한 마리가 떠다받치어 이십미터나 되는 거리로 나와 떨어졌다.[26]

조경애와 그녀를 사랑하는 윤영환은 도심에서 유유히 말을 타고 달린다. 그러다가 조경애의 말이 제어가 되지 않고, 미친

---

[26] 김말봉, 『찔레꽃』, 대일출판사, 1974, 168~169쪽.

듯이 달리기 시작하면서 문제가 발생한다. 그 말은 기차에 들이박을 듯이 달려간다. 그 상황에서 윤영환은 그 어떤 해결도 하지 못하고, 누군가 막아주길 바라지만, 그 누구도 나서는 사람이 없다. 그 때 한 남자가 말을 타고 가서 경애를 구하고 경애의 말은 그대로 기차에 가서 부딪혀 죽고 만다. 작가 김말봉은 이 장면을 손에 땀을 쥐도록 스펙터클하게 연출한다. 경애를 구했는지, 아닌지는 한참 동안 알 수 없게 만들고, 독자들을 긴장시킨다.

여기에는 두 가지 판타지가 숨어 있다. 하나는 여성들의 로망이다. 어려운 상황에서 자신을 구해주는 남성을 기다리는 여성들의 오랜 로망이 여기에 도사리고 있다. 이러한 상황은 현재도 여전히 반복되는 부분이다. 지금도 드라마에서, 또 인터넷 소설 등에서 여전히 단골 메뉴로 등장한다.

두 번째는 상류층의 모습이다. 사실 그 전까지 상류층의 모습을 이렇게 자세히 보여준 소설은 거의 없었다. 전체 내용 구성과 상관없이 상류층의 모습이 제시된 적은 거의 없다고 할 수 있다. 그런데 『찔레꽃』은 상류층의 모습을 보여주면서, 독자들이 대리만족하도록 한다. 이것이 바로 드라마 <꽃보다 남자>에서 보여주었던 세계다. 상류층 사회의 모습을 보면서 대리만족하게 하는 것, 그것이 대중소설에서 보여주는 대리만족의 요소이다.

그 당시 정말 이러했는지는 알 수 없으나, 도심에서 두 명이 말을 타고 달리는 모습이나, 세계일주를 다녀오는 모습 등, 일반 대중들이 접할 수 없는 신세계였음은 당연하다. 이러한 모습들은 독자들에게 현실을 잊고, 자신들이 가지지 못한 세계를 꿈꾸고, 상상하고, 환상을 품게 만들었을 것이다. 『찔레꽃』은 그러한 면에서 완벽한 대중문학의 전형을 이루고 있다. 상류층 세계와 멋진 남자, 이러한 상황에서 아름다운 여주인공은 순전한 모습을 그대로 유지하고 있으니, 그야말로 여성 독자든, 남성 독자든 양쪽 모두 관심을 끌기에 부족함이 없었을 것이다. 1930년대에 이미 드라마 <꽃보다 남자>에서 보여주었던 상류층의 세계를 가감 없이 아니 더 과장되게 보여주고 있었다.

그런데 이 『찔레꽃』은 여기에서 끝이 아니다. 『찔레꽃』이 전형적인 신데렐라 이야기라면, 자신을 배신한 남자에게 복수하고, 더 멋지고 부자인 남자를 만나 행복하게 오래오래 살아야 할 것인데, 『찔레꽃』의 결말은 매우 독특하다.

> 『모든 것은 나의 천박한 탓이었습니다. 정순씨…… 어제밤 경애씨와 함께 극장을 나와서 두어군데 찻집을 돌고 경애씨를 바라다드리려고 이 곳으로 올 때 벌써 일이 저질러졌습디다……. 모든 것을 인제야 깨달았소이다……. 정순씨?』
>
> (중략)
>
> 『모든 것은 될대로 되지 않았어요? …… 민수씨! 이미

한 여자를 울렸으니, 또 다시 한 여자를 울리는 것은 너무
잔인하지 않아요? …… 두분은 이미 약혼을 하셨으니……
행복되시기만 빕니다.』

『찔레꽃』, 448-449쪽.

정순과 조경구의 사이를 오해하며 정순에게 복수를 다짐했
던 이민수는 그 모든 상황이 자신의 착각이자 오해였음을 알
게 된다. "나의 맘은 악몽을 보는 것과 같이 혼란하다! 흐흥
바로 금색야차(金色夜叉)의 오미야(小宮)식이군."(『찔레꽃』, 287쪽)이
라며 정순을 『금색야차』의 미야, 즉 『장한몽』의 심순애 취급
을 했던 민수는 그 모든 상황이 모두 자신의 오해로부터 말미
암은 것을 알고는 경악하고는 만다. 정순에게 복수하고자 조
만호의 딸인 경애에게 접근해서 이미 남녀의 선을 넘고서도,
민수는 다시 정순에게 돌아오고 싶어 한다. 민수가 다시 정순
에게 용서를 빌며 돌아가고 싶어 하는 그 순간, 바로 그 자리
에는 민수에게 농락당한 경애가 있었다. 정순은 같은 여자인,
또 남자에게 농락당하고 있는 여자 경애를 기억한다. 따라서
정순은 자신에게 복수하며 자신을 떠난 민수에게 돌아가지 않
고, 경애까지 상처주지 말라며 그를 거절해 버린다.

사실 이 부분은 그 이전까지의 가정소설이나 대중소설, 신
문연재소설의 기본적인 패턴과는 매우 다르다. 1910년대 식으
로 본다면, 남편이나 애인에게 다시 돌아가는 것이 다반사였

다. 오로지 여자는 바람이 났거나, 오해한 남편들을 참을성 있
게 기다리다가 다시 돌아가는 것이 기본적인 패턴이었던 것이
다. 그런데『찔레꽃』에서는 색다른 반전이 일어난다. 바로 그
여자가 관계의 주도권을 가지고, 자신을 버린 남자를 자신도
차버리는 것이다. 그렇다면 이 부분에서 독자들은 상상하게
될 것이다. 정순은 결국 민수를 버리고, 부잣집 아들인 조경구
에게 갈 것이라고 말이다. 그런데 김말봉은 결말은 아주 애매
하게 맺어버린다.

　　가지위에 나부끼는 눈송이 다음 송이가 와서 머물동안
　자취없이 스러지는 눈송이! 그것은 하염없이 흩어지는 찔
　레꽃화변의 하나하나이다. 아니 덧없는 인생행복…… 정
　순의 가슴을 깊이 가시처럼 할퀴어주고 간 민수의 사랑이
　아닐까?
　　방싯 문이 열렸으나 창밖에 나르는 눈만 지키고 있는 정
　순은 자기뒤에 사람이 가까이 오는 것을 알지는 못하였다.
　　『정순씨!』
　　나지막히껏 부르는 소리에 흘끔 뒤를 돌아보니, 그것은
　매맞인 어린아이처럼 눈물어린 두눈에 미소를 띤 경구였다.

『찔레꽃』, 450쪽

여기에서 주목해볼 것은·끝을 보여주고 있지 않다는 것이
다. 물론 자신을 버린 민수를 보기 좋게 차버리고, 새로운 남

자인 경구와 해피엔딩이 될 것이라고 예상할 수도 있다. 작가
는 예상할 것 같기도 하고, 혹은 열려 있기도 한 것 같은 결말
을 택하고 있다. 독자가 바라는 대로 상상하라는 열린 결말을
바로 1930년대 후반에 보여주고 있다는 것은 놀라운 일이다.
우리가 현대에서 보고 있는 열린 결말의 형태를 김말봉은 이
미 1930년대에 보여주고 있는 것이다.

통속적이면서도 아주 조금 벗어난 구성으로 색다름을 주고
있는 것이 바로 이 작품, 『찔레꽃』의 특이한 점이다. 올곧지만,
고리타분하지 않으며, 성실하고 현명하지만 그렇다고 남성에
게 끌려다니지는 않는 정순이라는 캐릭터를 통해서 앞시대의
대중문학의 여주인공들보다 훨씬 더 앞서 나간 정체성, 주체
성을 보여주고 있다. 기존과 같으면서도 다른 듯한 소설『찔레
꽃』은 결국 이러한 면들 때문에 임화에게 극찬까지 받게 된
것이다. 여성의 판타지를 표현하는 <꽃보다 남자>의 밑바탕
위에 주체적인 여성을 보여주는 공지영의 소설『무소의 뿔처
럼 혼자서 가라』가 양념처럼 뿌려져서 당대 그 어떤 소설보다
도 놀라운 소설로 평가를 받게 된 것이다.

『순애보』: 문학 팬과 스타의 탄생

1930년대 신문연재소설 가운데 큰 반향을 일으킨 또 하나의

소설이 바로 박계주의『순애보』라 할 수 있다.『순애보』는『매일신보』장편소설현상공모에서 당선된 작품으로 1939년 1월 1일부터 6월 17일까지 연재되었다. 그 당시 1천원이라는 거금을 내놓으면서 공모전 자체가 엄청난 인기였고, 만주, 간도, 일본에서까지 공모가 이어졌다고 한다. 박계주 역시 간도 용정 출신이었다.

신연재소설예고

—待望의 千圓當選小說 新春一月一日부터 揭載

본사에서 정액특젼긔념사업의 하나로 일즉이 셰상에 발표하얏는 조선에서 처음되는 장거인 1천원현상장편소설은 이것이 한번 천하에 알려지자 조선안 각지는 말할 것 업고 북으로 북지(北支), 만주국, 간도 등지와 남으로는 내지등지에 이르기까지 문학『팬』들의 폭풍가튼 인긔를 쓰러 모두 八十여편의 만흔 작품이 모혀들엇다 그리하야 본사에서는 옥에서 틔슬 날르는 것과 마찬가지의 심혈을 기우려 엄선에 엄선을 거듭한 결과 비로소 박진씨의 대작『순애보』를 세상에 보내게 된 것이다.『순애보! 순애보!』얼마나 아름다운 제목이냐, 사랑에 순결하는 인생 긔록이『순애보』아닌가. 이 세상에는 허다한 사랑의 긔록이 만타. 그러나 일즉이 조선의 신문지상에 이『순애보』와 가치 놉고 깨끗한 사랑에 순결하는 청춘의 안타까운 이야기가 실리어 본 일이 잇섯슬가. 그러타고 서러운 눈들을 자어내는 이야기가 아니고 기쁨에 목메일 만큼 긴장

한 느낌을 갖지 안코는 읽을 수 업는 이야기다. 이 가운대
에는 인성으로써 가저야할 놉흔 철학과 순결한 도덕이 잇
다. 그러하건만 작자의 철학과 도덕은 소설의 옷속에 감
추어진 향료와 가치 그윽히 그 향긔만을 나타내일 뿐이다.
이 소설이야말로 겸손한 작자의 말과는 반대로 일천원현
상에 당선될 만한 갑시잇는 결작으로 본보에 독자제씨의
절대한 환영을 바달줄로 확신한다. 그리고 이 소설의 삽
화는 본사 리승만 화백이 집필하게 되엿스니 비단무에 꽃
을 더한 듯 한창더 광채가 나타날 것이다.

『매일신보』, 1939. 1. 1.

『순애보』는 소설 당선과 더불어 새로 신문에 장편으로 연재
되는 기회를 가지게 되었다. 사실 이 『순애보』는 박계주가 처
음 쓴 장편소설이었다.[27] 처음 쓴 장편소설로 박계주는 일약
스타덤에 오르게 되었다. 위의 예고에서도 보면, 북지, 만주국,
간도, 일본에서 문학팬들이 폭풍같이 몰려와 80여 편의 작품
들이 투고되었다고 하니, 그 당대 신문연재소설에 대한 인기
가 대단했었다고도 할 수 있다. 이미 신문연재소설을 즐기고,
또 그러한 소설을 쓰고 싶어한 대중들이 많았음을 보여주기도
한다. 신문은 이들을 '문학팬'이라 지칭하고 있다.

---

27 "제가 처음으로 써본 장편소설이 당선되엇다는 것은 기쁘기도 하면서 쏘 한편으론 대단히 부
끄러웁습니다. 『순애보』는 어써한 이야기를 가지고 얽엇스며 무슨 내용을 담은 소설이냐고
뭇지 마러주시고 다런 쑷까지 여러분쎄서 읽어주시고 긔탄업는 비평을 던져주시기 바랍니다."
〈작가의 말〉, 『매일신보』, 1939. 1. 1.

『순애보』는 기독교 사상을 전면에 내세우면서 사랑과, 순결, 희생을 강조한다. 이러한 면에 대해 소설 예고에서도 강조하고 있다. 무언가 고매한 사상을 담고 있다는 것을 적극 홍보한다. 이러한 생각은 뒤에 단행본을 낼 때, 머리말을 써준 이광수의 말에서도 마찬가지로 드러난다.

朴啓周군은 朴進이라는 펜네임으로 매일신보에 <순애보>를 연재하였다. 그것은 현상 단선으로였으나 현상 소설로서는 너무도 정신의 테마가 컸었다.

가장 높고 가장 깨끗한 사랑에 저를 殉한다는 것이 순애보라는 제호의 유래라고 작자는 말한다. 사랑은 주는 것이요 가지는 것이 아니다. 한량 없이 주고 주어 마침내 제 목숨까지 주어버리는 것이 사랑이다. 그리스챤인 저자는 그리스도의 (주라!)하신 사랑의 원리의 선봉자요 그가 소설 <순애보>를 쓴 것은 자기가 체득한 이 정신을 노래하여서 인류 동포에게 들으라는 것이다. 인류 동포로 하여금 이와 같은 정신을 나누게 하자는 것이다.

모두들 자기 중심인 현대에 처하여서 (나) 없는 세계를 동경하여 자기 부정의 생애를 보내자는 것부터가 진실로 十字架를 지고 사는 일일 것이다. 그렇지마는 인류를 구제할 오직 하나인 원리가 사랑의 원리임에는 변함이 없는 것이 마치 지구상의 생명의 원천이 태양임에 틀림이 없음과 마찬가지다.

求佛道者窮劫不盡이라는 말씀과 같이 아무리 희박한 말

세라 하여도 眞理와 眞道를 구하는 耆의 씨는 인류가 존속
하는 동안은 끊어짐이 없을 것이니 그렇다 하면 이 소설
<순애보>의 독자도 끊어짐이 없을 것이다.[28]

이광수가 말한 대로 『순애보』는 기독교 사상을 전면에 내세
우고 있다. 또한 그러한 기독교 사상을 통해 용서와 희생을 작
품의 큰 테마로 보여준다. 그것은 이광수가 말하듯이 대단한
정신의 세계를 보여준다고 하기는 어렵다. 어떤 면에서 통속
성을 가장 뚜렷하게 보여주는 메인 테마라 할 수 있다. 통속적
이며 대중적인 소설들에는 늘 희생과 용서가 존재했다. 그리
고 그것이 이루어지기 위해서 암투와 사기, 치정극들이 벌어
지고는 했다. 그러한 면들을 『순애보』 역시 고스란히 따르고
있다.

계몽과 불륜이라는 두 개의 축

『순애보』는 크게 두 가지의 축으로 구성되어 있다. 이 두
가지의 축은 전혀 다른 내용을 가지고 있어서 2개의 독립된
이야기로 볼 수도 있다. 첫 번째 축의 중점을 이루고 있는 인

---

28 이광수, 머리말, 『순애보』, 홍신문화사, 1978, 3쪽.

물은 최문선이라는 남자를 둘러싼 윤명희와 김인순의 삼각관계 이야기라 할 수 있다. 두 번째 축은 명희의 친구인 혜순과 그의 남편 철진, 그리고 친구인 혜순의 남편을 빼앗는 옥련, 또 철진의 친구이면서 옥련과 바람을 피우는 명석의 관계로 이루어진다. 첫 번째 축의 이야기가 전형적인 연애담을 다루고 있다면, 두 번째 축은 결혼 후의 문제를 다루고 있다.

먼저 첫 번째 축의 이야기는 문선과 인순의 이야기로 시작된다. 원산 송도원 해수욕장에 피서를 온 인순은 보트가 충돌하면서 전복되어 바다에 빠지고 만다. 그 때 문선이 인순에게 인공호흡을 해서 살려내게 되면서 인순이 문선을 좋아하게 된다. 그런데 문선은 그 해수욕장에서 스케치를 하다가 어린시절 알고 지냈던 명희를 만나게 된다. 고향을 떠나오면서 10년 전 헤어졌지만 명희와 문선은 서로를 그리워하고 있었다. 그러다가 문선이 위궤양으로 병원에 입원하게 되고, 병이 위중해져서 수혈이 필요하게 되자, 명희는 자신이 수혈하겠다고 나선다. 결국 문선과 명희 모두 B형이어서 명희가 문선을 위해 수혈을 해주게 된다. 그 이후 건강을 되찾은 문선은 명희의 오빠인 명근과, 명희, 명희의 친구인 혜순과 함께 만물상(萬物相)에 등산을 간다. 그곳에서 문선은 비틀거리는 명희를 잡아주다가 둘은 서로 포옹을 하게 되고 서로 마음이 깊어진다.

서울로 올라온 문선은 야학교와 감화원에서 교육자로서 살아가게 된다. 그러다가 서울에서 우연히 인순을 만나게 되고,

인순은 문선에게 적극적으로 다가간다. 문선이 거절하자, 인순은 야학이 마치면 자신의 집에 와 달라고 편지를 하게 되고, 문선은 결국 야학이 마친 후 인순의 집에 간다. 그런데 인순의 집에서 "사람 살려요!"라는 날카로운 비명을 듣고 들어가보니, 복면 한 괴한이 칼로 인순을 찌르고 있었다. 그것을 본 문선이 달려들지만, 괴한은 탁상전등을 문선의 머리에 때려 기절시키고, 칼까지 문선의 손에 쥐어주면서 문선은 졸지에 살인자가 되고 만다. 문선은 그 후유증으로 눈까지 멀게 된다. 순사의 감시하에 병원에 입원한 문선에게 진범이 찾아와 죄인을 용서해 준 피엘 신부 이야기를 하며 용서를 구한다. 문선은 갈등하다가 진범을 용서하고 경관 앞에서 그를 친구라고 숨겨준다. 결국 누명은 풀리지 않고 사형 선고를 받으려는 찰나, 진범이 자수하여 극적으로 풀려나오게 된다. 그러나 문선은 장님이 된 자신이 명희에게 짐이 될까봐 명희를 피하게 된다. 이야기는 여기에서 두 번째 축으로 넘어가고, 소설이 마무리될 즈음에 다시 첫 번째 축의 이야기가 등장한다.

두 번째 축은 혜순을 중심으로 이루어진다. 일본에서 음악학교를 나온 혜순은 철진과 결혼을 하게 된다. 그 후 문선이 살인혐의로 재판을 받게 된 상황을 알게 되어 명희를 위로하기 위해 경성에 왔다가 독감에 걸리게 되고, 그런 혜순을 명희의 오빠인 명근이 간호해주면서 오해가 발생한다. 혜순이 현기증으로 쓰러지는 것을 명근이 안아주게 되는데 그것을 혜순의 남편, 철진이 보고 나서 혜순과 명근의 사이를 오해하게 된다. 억울해 하며 집에 돌아온 혜순은 자신이 없는 동안 친구 옥련이 자신의 남편과 자주 자고 갔다는 사실을 알게 된다. 사랑이 없는 결혼생활은 간통과 같다며 혜순은 남편과 이혼하고, 남편 철진은 옥련과 결혼하게 된다. 그 후 혜순은 친구인 멜폰 여사와 친분을 쌓으며 함께 놀러갔다가 자동차 전복 사고를 목격하게 되는데, 사고난 차에 탄 사람은 바로 혜순의 전 남편이었던 철진과 옥련이었다. 매우 위독한 상황에서 수혈이 필요하게 되자, 혜순은 자신이 수혈하겠다고 나선다. 우연히도 혜순과 철진, 옥련 모두 A형이어서 혜순은 자신의 피를 수혈해 주게 되고, 이를 통해 악을 선으로 갚는 복수를 하게 된다. 이후 옥련은 다시 철진의 친구인 명석과 바람이 나고, 여러 번 관계를 갖게 된다. 철진은 혜순이 자신을 위해 수혈해 주었다는 것을 알고 나서 반성하게 되고, 옥련과 친구 명석이 서로 불륜을 저지르고 있다는 것을 알게 된다. 이후 철진은 혜순을 찾아가 용서를 구한다. 철진은 수해지에서 적극적으로 구호행위를 하게 되고 물에 빠진 사람을 구하려다 자신이 물에 휩쓸려 중태에 빠진다. 그 시각 혜순은 독창회를 하다가 철진의 목숨이 위태하다는 말을 듣고, 독창회를 끝맺지 못한 채 철진에게 달려가고, 철진은 결국 사망하고 만다. 그 사실을 알게 된 옥련은 자신의 죄를 회개하며 수도원으로 들어간다.

이렇게 두 번째 축의 이야기가 일단락되면서 다시 문선과 명희의 이야기로 돌아간다. 문선은 친구 영호로부터 명희가 미국에서 유학한 남자와 결혼한다는 이야기를 듣게 된다. 그 소식을 들은 문선은 눈물을 흘린다. 영호는 혜순에게 명희의 결혼이 사실인지 묻는 편지를 부치고, 혜순은 명희의 약혼은 사실 무근이며, 명희와 문선의 사연을 적은 편지를 영호에게 부친다. 영호는 명희에게 문선이 있는 장소를 알리고 문선과 명희는 서로 재회하여 결혼하게 된다. 그 이후 영호는 혜순에 게서 편지를 받게 되는데, 그 편지의 내용은 문선이 구두로 한 글을 명희가 받아적어 T신문에 장편소설 『순애보』를 연재하게 된다는 것이었다. 편지를 읽은 영호는 가장 높고 깨끗한 사랑 에 자신을 제공하여 남을 위해서 사랑의 제물이 되는 문선이 나 명희나 철진이나 혜순이나 황인수는 다 같이 사랑에 순(殉)하 는 순애(殉愛)의 사자(使者)라고 생각하면서 소설은 마무리된다.

이처럼 『순애보』는 그 이전 시대부터 보여주던 계몽성과 통 속성을 적절히 버무려놓은 소설이다. 명희와 문선은 어떤 유 혹에도 굴하지 않는 흔들림 없는 지조를 보여주는 전형적인 구시대적인 인물이라 할 수 있다. 그러한 사랑에 다른 여자나 상황, 육체적 장애는 어떠한 장해물도 되지 못한다. 또한 문선 을 둘러싼 삼각관계는 매우 전형적이다. 사랑하는 두 사람 사 이를 어떻게든 갈라놓으려는 제3의 인물이 존재한다는 점에서 그러하다. 그런데 특이한 점은 이 상황에서 이 제3의 인물이 살해당한다는 것이다. 그 때문에 주인공인 문선은 살인자의 누명을 쓰고, 시력까지 잃게 된다. 이러한 면은 앞의 상황을 알 수 없게 만들고, 읽는 독자들의 흥미를 강하게 붙들 수 있는 부분들이다. 그렇게 앞으로 벌어질 상황들을 예측할 수 없도록 만들어 놓음으로써 독자들은 더 흥미진진해질 수밖에 없다.

그런데 여기에 두 번째 축의 이야기는 그야말로 통속성의 진수를 보여준다. 조강지처인 혜순과 팜므파탈형인 옥련의 대립은 현대까지도 소위 막장 드라마에서 끊임없이 되풀이되는 부분이다. 보통 남편을 빼앗은 팜므파탈형 인물은 조연급 인물로 자세히 묘사되지는 않는다. 그런데 『순애보』에서는 이 옥련 부분이 특이하게도 상당히 많은 분량을 차지하고 있다. 옥련은 친구의 남편인 철진을 빼앗은 것도 모자라서 다시 철진의 친구인 명석과도 바람나는 것으로 그려진다. 옥련과 명석의 관계는 상당한 분량을 차지하면서 자세하게 묘사되고 있다. 결혼한 여자가 바람이 나는 부분은 1950년대의 『자유부인』의 전신을 보고 있는 듯하다. 혜순의 순수한 사랑과 희생, 용서의 정신을 크게 보여주기 위한 방편으로 옥련이 이렇게 그려지고 있는 것일 수도 있지만, 어쨌든 결혼한 부인이 다른 남자와 매우 적나라하게 육체적 관계를 맺는 장면은 그 당대 독자들에게는 매우 충격적인 일이었을 것이다.

이렇게 『순애보』는 처음부터 여성의 육체에 대한 자극적인 묘사와 포옹이나 육체 관계를 그대로 그려냄으로써 독자들의 흥미를 놓치지 않았다. 또한 이러한 통속적이고 자극적인 장면들과 더불어 계몽적인 성격 역시 대중문학의 전형으로 제시되고 있다. 철진이 수해가 난 곳에서 구호활동을 펴는 것은 그야말로 1910년대 이광수『무정』을 떠올리게 한다. 희생과 용서를 이야기하는 통속적인 결말을 이광수는 인류 보편의 고매한 정신을 담고 있다고 극찬하기도 한다. 따라서『순애보』는 그 이전부터 있어온 대중소설들의 통속성과 계몽성을 아주 잘 버무려서 내놓은 소설이라 할 수 있다. 거기에 좀 더 강렬하고 자극적인 묘사와 표현으로 독자들의 시선을 붙들었던 것이다.

『순애보』 : 여성들의 욕망

『순애보』에는 그 이전에는 잘 드러나지 않던 여성들이 욕망이 구체적으로 등장하고 있다.

> 청년의 이 대답을듯는 인순은 자기몸이 알지못하는 그 남자에게 안겨서 쏘-트우에 눕피여슬 것을 생각하고 더욱이 인공호흡을 식히노라고 그 남자의 손이 자기의팔을 만지고, 자기의 젓가슴과 배를 주물럿슬 것을 생각하고 처녀의 귀중한 자랑의 절반을 일흔 것만 가태서 얼굴이 쓰거워짐을 느쪗다.(중략)
> 아직까지 남자 손에 만지여 보인 일이 업고 이성에게

안겨보인 일이 업는 자기의 몸을 만지고 주물르고 그리하
야 위기에서 자기생명을 구하여준 그 은인을 인순이는 두
근거리는 가슴으로 들어오기를 기다리고 잇다.

『순애보』 4회, "죄업는거줏말(一)", 『매일신보』, 1939. 1. 5.

어제는 신만물상 천녀화장실에서 자기몸을 문선의 몸
에 던저서 위기를 면할 수가 잇섯고 오늘은 그의 팔에 안
겨서 공포를 면할 수가 잇섯다는 것을 생각할 쌔 명히는
지금 문선에게서 그 어썬 짜쯧한 감촉을 느끼게 되는 간
지러움이 자기의 보드러운 살결에 흐르고 잇슴을 감각하
엿다.

「그보다도 그리운 이가 나를 안어주엇다는 것은……」
이러케 생각하는 명히의 얼굴은 쏘다시 샛쌜게 진다.

『순애보』 37회, "마음의 貞操(4)", 『매일신보』, 1939. 2. 7.

문선을 사랑하게 된 두 여인의 모습은 정신적인 사랑을 표
현하고 있기보다는 육체적인 접촉에 대해서 매우 민감하게 반
응하고 있다. 인순은 알지도 못하는 청년이 자신을 살려내고
인공호흡을 하며 자신의 몸을 만진 것에 대해 불쾌하다기보다
는 두근거려한다. 자신의 육체적 욕망을 드러내고 있는 것이
다. 명희 역시 마찬가지다. 아버지가 목사인 분명 엄격한 기독
교 집안에서 자라났지만, 명희도 문선과 2번의 포옹을 한 후
그것을 반복해서 떠올리며 기억한다. 또 그 감촉을 생생히 되
돌려보기도 한다. 이러한 모습은 단순히 정신적인 사랑을 떠

올리는 것이 아니라 감각적인 육체적인 욕망을 드러내고 있는 것이다. 옥련의 경우에는 더 분명하게 드러난다.

　「너 담배도 피우는구나」
하고, 동모가 담배 쌔는 옥련의 태연한 태도에 놀라면서 말하면
　「웨 못피워 흥! 피울 수 잇는 특권은 남자에게만 잇나?」
하고, 여자도 남자와 동등권리를 가질 수 잇는 그일이 자기에겐 벌서 실현되고 잇다는 것을 자랑삼아 말하기도 하엿다.
　(중략)
　「너 타락햇구나. 아주.」
동무가 우스면서 이런 말을 하면
　「호호호호호! 내가 타락? 타락이라면 타락이지. 그러나 배를 채우기 위해서 살수박게 업는 그 생활법속을 무시한 그 위인들이 오히려 그 원리 그 복속에서 타락한 것이 안야?」
『순애보』, "유혹(二)", 『매일신보』, 1939. 3. 26.

옥련은 진리니 사랑이니 떠들어대는 것이 도리어 구속이라며 비판을 가한다. 결국 고상한 말을 해대도 밥을 굶게 되면 배를 채우기 위해 욕망에 충실해질 수밖에 없다는 것이다. 그렇기 때문에 옥련은 철진에게도, 또 철진의 친구인 명석에게도 자신의 육체적 욕망을 그대로 드러낸다. "입으로는 사랑이니 진리니 하고 쎠드릴대지만 다 속으로는 제 욕망을 만족식

히기에 골몰한 자들이야"라며 목사들과 남자들을 비판한다. 남자들도 어차피 자신의 욕망대로 사는데, 여자들도 욕망대로 살 수 있다는 의식이 깔려 있다.

> 「왜 언성을 놉필 것은 무엇이오? 당신이 만일 나를 실혀한다면 나는 당신의 원을 짜라서 깨끗이 물러안즐테요. 실타고 하는 당신에게 매여달린다는 것은 도리혀 죄악이오. 그것은 마음이 업는 결혼생활은 간통이기 째문이오.」
>
> 『순애보』, "이혼(一)", 『매일신보』, 1939. 3. 7.

여성 스스로의 욕망에 대한 급진적인 생각은 혜순에게서도 드러난다. 남편 철진이 자신의 친구인 옥련과 바람이 나서 자신과 이혼하고자 할 때, 예전 소설들에서는 슬퍼하고 괴로워하면서 떠나지만, 남편이 돌아오기를 기다린다. 그런데 혜순은 전혀 다른 태도를 취한다. 이혼을 당하는 것은 맞지만, 그 이혼도 스스로 선택해서 결론을 내린다. 그것은 결혼에 대한 정의를 통해 드러내는데 마음이 없는 결혼생활은 간통이라는 것이다. "사랑이 업고 마음이 업는 결혼생활 즉 표면만 화장식힌 결혼생활은 간통이다."라며 이제까지와는 다른 해석을 보여준다.

사실 『순애보』의 인기는 순결한 사랑, 희생 등을 보여주는 주제의식 때문만은 아니다. 분명 통속적이고 자극적인 요소 때문에 큰 인기를 끈 이유도 있을 것이다. 내용이나 삽화가 자극적이고 또한 선정적이다. 남녀의 관계를 묘사하는 것도, 여성의 몸을 묘사하는 것도 모두 자극적이고 선정적이다. 그러나 한편 위에서 보여주는 것처럼 여성 스스로가 가지는 욕망에 대한 발언들 역시 여성 독자들의 마음을 붙잡았을 것이다. 인순이나 명희를 통해 연애하는 감정에 대리만족했을 수 있으며, 유부녀인 독자들은 옥련의 문란한 행동에 혀를 차면서도 옥련의 당찬 행동에 또 다른 감정이입을 했을 수도 있다. 신문연재소설은 인기와 영합할 수밖에 없다. 판매부수와 직결되기 때문에 그만큼 독자의 흥미를 끌지 않을 수 없다. 그러나 그 흥미유발을 위해서 당대 독자들의 욕망을 대리만족시키게 된다. 그러한 면에서 대중문학은 자신도 모르게 현실성을 획득하고, 또 동시에 독자의 욕망을 대변하면서 급진적이 되기도 하는 것이다.

4. 바람난 유부녀와 여성들의 판타지
─1950년대 『자유부인』

『자유부인』의 반향

1954년 『서울신문』에 『자유부인』이라는 소설이 연재되면서 요즘 들어 많이 언급되는 막장이 전면에 들어섰다고 할 수 있다. 지금이야 유부녀가 바람을 피우는 것도 일일연속극의 단골메뉴가 되고 있지만, 여전히 그러한 드라마에 대한 비판이 높은 것도 사실이다. 그런데 50여 년 전에 유부녀 그것도 사회 식자층이라 할 수 있는 교수부인의 바람이 가장 주된 내용이었으니 그 파급여파는 가히 상상을 할 수 없을 정도로 굉장했다고 한다. 『자유부인』의 작가 정비석은 31년 후 이 『자유부인』을 출간하면서 다음과 같은 말을 남기고 있다.

당시 『자유부인』을 연재하기 시작한 지 얼마 안 되어서 나는 어느 대학 교수로부터, 「『자유부인』은 중공군 40만 명보다 더 무서운 해독을 끼치는 소설」이라고 맹렬한 비난을 받기도 했고, 다른 한편으로는 당시의 정치 경제계의 인사들로부터 「『자유부인』은, 북괴의 사주(使嗾)로 남한의 부패상을 샅샅이 파헤치는 이적소설(利敵小說)」이라는 규탄을 받기도 했다.

이러한 연유로 하여, 나는 집필 중에 시경(市警), 치안국, 특무부대 등등, 온갖 수사 기관의 취조를 받아야만 했다. 지금 돌이켜 보면 웃지 못할 희극이었다. 『자유부인』을 연재한 신문이 국가의 기관지인 『서울신문』이 아니었다면, 나는 이 소설을 끝까지 연재하지 못하고 중단하게 되었을지도 모를 일이다.[29]

그 당대 얼마나 큰 사회의 이슈였는지 작가의 말을 통해서도 드러난다. 한국전쟁 이후 피폐해진 상황 속에서 이 소설은 남한 전체를 뒤흔들 만큼 큰 파급력을 지니고 있었다. 그 당시 남한에 팽배했던 반공의식을 놓고 볼 때, 이 소설을 '중공군'이나 '북괴의 사주' 등에 비유하는 것은 그만큼 사회지도층 입장에서는 위협적이었다고 볼 수 있다. 그 말을 뒤집어보면, 사회가 뒤흔들릴 정도로 엄청난 인기가 있었다는 것이기도 하다. 지금으로 치면, 사회질서를 위협할 정도의 막장 드라마가 전

---

[29] 정비석, 『자유부인』 작가의 말, 고려원 1985, 8~9쪽.(아래부터는 책이름과 쪽수만 표기)

사회를 휩쓸고 있었다는 것이다. 그 주인공들을 따라하려는 대중들도 많았을 것이다.

> 그 당시 <자유부인>에 대한 나의 근본적인 작의는, 봉건주의 사회에서 자유 민주주의 사회로 넘어가는 과도기의 가정적인 혼란상과 사회적인 부패상을 소설로 그려 봄으로써, 참된 민주주의란 어떤 것이어야 한다는 것을 보여 주고자 하는 데 있었다.
> 따라서 이 소설의 남녀 주인공은 사회의 정신적인 지표인 대학 교수 부부라야 했고, 그 밖의 주요 등장 인물들은 당시의 부패상을 상징하는 정치 브로커들이라야만 하였다.
>
> 『자유부인』 작가의 말, 8쪽.

그러나 정작 작가 정비석은 매우 당당하다. 『자유부인』은 혼란하고 부패한 사회상을 보여주면서도 대중을 계도하려는 정당한 이유를 지녔다는 것이다. 그래서 사회 지식인이라 할 수 있는 대학 교수 부부가 등장하고, 뇌물과 술수가 오가는 정치판을 묘사했다고 설명한다. 작가의 말처럼 사회적인 이슈를 위함이 아니라, 현실 그 자체를 보여주고 바람직한 사회를 만들려는 작가적 염원이었다고 해도, 정치권의 반응은 생각 이상이었다. 치안국이네, 특무 부대네 하면서 수사기관에서 작가를 취조했다는 것은 어떤 면에서는 실제 상황과 너무 비슷했기 때문에 도둑이 제 발 저린 격이었다.

그런가 하면, 일반 독자나 대중들은 「어느 누가 무슨 박해를 가하든간에 조금도 굴하지 말고 용감하게 써 나가라」는 격려의 편지를 수없이 보내 주었다. 여기에 힘입은 나는 날마다 빗발치듯 쏟아져 오는 협박장과 위협 속에서도, 나 자신을 굳게 지켜나가면서 집필을 계속했던 것이다.

〈자유부인〉을 연재하는 동안에는 〈서울신문〉의 부수가 기하급수적으로 불어나다가 연재가 종결됨과 동시에 5만 2천 부 이상이 일시에 격감되었다고 하는데, 그것 역시 우리나라 신문 역사상 처음 있는 일이었다.

『자유부인』 작가의 말, 9쪽.

정치권의 호들갑과는 달리 독자들의 호응은 상상을 초월했다. 그런데 독자들이 보낸 격려의 편지 내용이 재미있다. 보통은 주인공이 행복하게 해 달라, 계속 연재해 달라, 힘들더라도 빠지지 말고 연재해 달라 등의 내용이 보통 독자들의 편지라 할 수 있다. 그런데 정비석이 받은 편지는 뭔가 장엄해 보이기까지 한다. 어떤 박해에도 굴하지 말라는 것, 용감하게 써달라는 것, 이러한 내용들은 마치 독립투사인 양, 혹은 부정한 정부와 싸우는 투사인 양 작가를 취급하고 있다는 것이다.

그러면서 독자들은 행동으로 보여준다. 연재소설이 신문 부수의 어떤 영향을 주는지 가시적인 효과를 보여준 것이다. 집단행동으로써 그들은 자신의 물질로 신문사와 연재 소설가를 지원했다. 신문연재소설의 역사상 아마 최고의 이슈는 바로

『자유부인』의 연재였을 것이다. 극히 대중적이고, 극히 선정적인 내용을 쓴, 그야말로 대중 작가가 수사기관에서 북한 간첩이 아니냐며 취조를 받는다는 것은 참으로 웃기는 일이 아닐 수 없다.

어쨌든 당대 최고의 이슈였고, 당대 최고의 인기였던 『자유부인』은 대중적인 신문연재소설이 어떠한 방향으로 사회를 움직일 수 있는지 가장 극명하게 보여준 소설이라 할 수 있다. 한마디로 국민 드라마가 아주 심각하게 막장이었다는 것이다. 그런데 아이러니하게도 그 막장 드라마가 그렇게 사회 비판적일 수가 없더라는 것이다. 그래서 답답했던 대중들이 속이 뻥 뚫렸다는 전설적인 이야기가 바로 『자유부인』을 둘러싼 1950년대 우리 사회문화사의 한 단면이었다.

『인형의 집』의 혁명 : 한국의 '노라', 오선영

『자유부인』은 앞서도 언급한 것처럼 1954년 『서울신문』에 연재되면서 엄청난 반향을 일으켰다. 주인공이 교수 부부라는 것도 놀라운 일이거니와, 사회 지식인층이라는 교수 부부가 각자 바람을 피우고 있다는 내용은 그야말로 획기적인 것이었다. 소장파 한글학자 장태연 교수는 한글의 중요성을 피력하며 정부가 주장하는 한글 간소화 정책에 대해 지속적으로 반

대해 가는 인물이다. 장태연 교수의 부인 오선영은 그렇게 학자로서만 살아가는 남편의 곁에서 남편과 아이들의 뒷바라지를 하며 젊음을 소비하고 있다. 부인 오선영의 삶은 중산층의 전형적인 모습을 보여준다. 쳇바퀴 돌 듯 돌아가는 일상과 상류층에 끼이고 싶은 욕망 사이에서 적당한 허영심을 보여준다. 상류층으로 올라가고 싶다는 욕망은 대학 동창생 모임인 <화교회> 모임에 자신이 속했다는 데 엄청난 자부심을 느끼는 것으로 나타난다.

<화교회> 모임은 오선영의 욕망을 더욱더 부추기게 되고 올케 언니의 소개로 굉장한 부자인 한태석이라는 남자의 부인 이월선 여사를 만나게 된다. 결국 오선영은 이월선 여사가 경영하는 파리양행이라는 양품점에 취직하여 자신의 수완을 발휘하면서 사회에 성공적으로 첫발을 내딛게 된다. 오선영은 한편으로는 양품점에 취직하여 사회생활을 하면서 직장을 가진 능력있는 여성으로서의 욕망을 해소하고, 다른 한편으로는 옆집에 사는 영문과에 다니는 대학생 신춘호에게 춤을 배우며 여성으로서의 욕망을 해소한다.

재미있게도 장태연은 이웃에 사는 박은미라는 처녀에게 관심을 보이고, 오선영은 옆집 대학생인 신춘호에게 호감을 갖게 된다. 박은미라는 여성은 해방 후 싱가포르에서 돌아와 미군 부대에서 영문 타이피스트로 일하고 있다. 박은미가 오선영의 부탁으로 미군 부대에서 구입해 온 화장품을 가져다 주

러 장태연 집에 오면서 이 둘 사이는 미묘한 기류가 형성된다. 박은미는 미군 부대에서 일하는 여자들에게 한글 철자법을 가르쳐달라며 장태연에게 요청하면서 장태연은 박은미에게 빠져들게 된다. 그러나 박은미는 다른 사람과 결혼한다며 청첩장을 보내오고 그것을 보고 실망하던 장태연은 다시 마음을 접게 된다.

오선영은 신춘호에게 춤을 배우면서 아내와 어머니로서의 자신이 아니라, 여자로서의 자신을 발견하게 된다. 춤을 추며 소위 연애 비슷하게 키워가던 그들이 신춘호가 자신의 조카 명옥과 결혼해서 미국으로 유학가 버리자, 오선영은 배신감에 떨게 된다. 결국 한태석과 불륜을 저지르려던 순간, 한태석의 아내 이월선에게 들키게 되자, 오선영은 스스로 자기 반성을 하게 된다. 그러나 장태연은 아내를 용서하지 못하고, 아내 오선영은 제발로 집을 나오게 된다. 그 후, 장태연의 한글 연구 활동이 각광을 받는다는 것을 신문에서 본 오선영은 장태연의 강연회 장에 가서 감동의 눈물을 흘리게 된다. 오선영이 온 것을 본 장태연은 오선영을 데리고 집으로 돌아간다.

전체 내용을 간단하게 말하자면, 유부남 유부녀가 바람이 났다가 다시 가정의 품으로 소위 '컴백홈' 한다는 내용이다. 특히 유부녀의 춤바람이 얼마나 위험한지 보여주는 척도가 되기도 했다. 정비석은 이를 '혁명'이라 표현한다.

댄스가 민주 혁명의 제 일보인지 어쩐지 그것은 모를 일이다. 그러나 남편에게 불만을 품었다는 것은 일종의 혁명 사상이다. 정숙하던 가정 부인이 대학생의 품에 안겨 댄스를 배우기 시작했다는 것은 확실히 혁명이었다. 혁명이란 반드시 총소리를 내고 피를 흘려야만 하는 것은 아니다. 무혈 혁명, 평화 혁명도 얼마든지 있는 것이다. 지금부터 칠십여 년 전에 노라라는 여성은, 자식과 남편을 버리고 인형의 집을 나왔다. 그 당시에는 그것도 하나의 혁명이었다. 성인군자 같던 장태연 교수는 건넛집 처녀의 아름다운 종아리에 가슴을 설레었고, 현모양처이던 마누라는 가정에 불만을 품고, 담배도 피워 보고 입술도 허락해 가면서 옆집 대학생에게서 춤을 배우고 있다. 모두가 혁명인 것이다. 한글 학자 장태연 교수댁에도 민주 혁명의 시대 풍조는 기어코 불어오고야 말려는 모양이었다.

『자유부인 上』, 79쪽.

남편에게 불만을 품는 것이 곧 혁명 사상이었다고 작가는 소개한다. 『자유부인』은 1950년대에 등장한 한국의 『인형의 집』으로 묘사된다. 자유부인 오선영은 다소곳한 여성의 한계를 깨고 나와 욕망을 드러낸 전후 한국의 '노라'로 상징된다.

『자유부인』과 유부녀들의 판타지

『자유부인』은 제목에서부터 선정성을 내포하고 있었다. 유부녀이나 자유롭다는 것 자체가 이미 성적인 자유로움을 의미하고 있었다. 그런 면에서 남성들의 훔쳐보기의 욕망을 드러내고 있다고도 할 수 있다.

장교수는 그렇게 말하다가 문득, 곤색 스커트 밑으로 드러나 보이는 은미의 하얀 종아리가 눈에 띄는 바람에, 별안간 가슴이 설레었다.

젖빛으로 뽀얗고도 포동포동 살이 찐, 무척 아름다운 종아리다. 향기가 모락모락 피어나는 것만 같고, 손으로 어루만져 보면 손끝에 분가루가 묻어 날 것만 같은 종아리다. 무슨 뛰어난 예술품처럼 황홀함이 느껴지도록 아름다운 종아리다. 사람의 육체에 이렇게까지 아름다운 부분이 있는 줄은 몰랐다.

뜻하지 않았던 곳에서 비상한 아름다움을 발견한 장교수는, 점잖지 못하게 남의 집 처녀의 종아리를 잠시 황홀하게 바라보고 있었다.

『자유부인 上』, 58쪽.

한글 학자이자 명망 높은 교수인 장태연조차 아름다운 여성에 대해서는 어쩔 수 없는 흑심을 느끼게 된다. 장태연 교수가 황홀하게 바라보고 있는 인물은 미군 부대에서 영문 타이피스트로 일하는 박은미로, 장태연 교수의 아내 오선영이 주문한 화장품을 가지고 교수의 집을 방문하면서 위와 같은 상황이 벌어졌다. 아름다운 처녀의 방문에 교수라는 명망있는 위치조차 잊은 채, 그 처녀를 성적으로 감상하고 있는 것이다. 작가의 말대로 "사회의 정신적인 지표인 대학 교수"조차 이러한 성적인 부분에 있어서 자유로울 수 없으니, 그 당대 사회가 얼마나 혼란스러우며 문란했는지에 대해 가감없이 볼 수 있는 부분이기도 하다. 사실 작가는 이 부분이 사회상을 그대로 보여주기 위해 썼다고 말하고 있지만, 또 한편으로는 신문연재소설의 오락적인 기능을 그대로 담아내고 있다고 볼 수도 있다. 즉 독자들이 훔쳐보고 싶어하는 욕망을 신문연재소설이 그대로 보여주고 있는 것이다. 이 부분은 나중에 황산덕 교수에게 엄청난 비난을 받게 되는 묘사 부분이기도 하다. 그만큼 선정적인 흥미를 불러일으키고 있었다.

그렇다면 이 『자유부인』의 독자는 오로지 남성이었을까. 『자유부인』은 남성들의 선정적인 취향에 휩싸여 엄청난 반향을 일으켰던 걸까. 그렇게만 보기에는 『자유부인』의 반향은 실로 엄청났다. 그러면 여성들에게 이 『자유부인』은 어떻게 읽혔을지 살펴볼 필요가 있다.

「그러기에 그 양반은 늘 엘 시 아이에만 가신다우…….

「참 오마담은 엘 시 아이라는 데를 아시겠지?」

「해군 구락부라는 데 말씀이세요?」

「그래 그래. 이름만은 아시는구먼!」

「아주머니도 가끔 가세요?」

「그런 공개된 장소엘 누가 가우? 우리 클럽에서는 회원 끼리 돌아가면서 열흘에 한 번씩 자기 집에서 파티를 열 기로 되어 있다우.」

「참말 즐거우시겠어요.」

「문화인은 댄스만은 알아야 한다우.…… 오 마담도 춤 만은 꼭 배워요!」

이월선 여사는 문화인임을 자처하면서, 대학 교수 부인 에게 교양 교육을 시키려는 모양이었다. 진실로 아니꼽기 짝없는 일이었으나, 오선영 여사는 사업주를 무시할 수가 없어서,

「아마 그래야 하는가 봐요 나도 차차 배우기로 하겠어요」 하고 공손히 대답하였다.

『자유부인 上』, 136쪽.

『자유부인』에서 아주 큰 부분을 차지하는 것이 바로 '춤'이 었다. 한동안 춤이라고 하면 '춤바람'이라는 것과 동일하게 불 릴 정도로 춤은 곧 바람을 피우는 것으로 굉장히 나쁜 인식을 가지고 있었다. 그런데 이 『자유부인』에 묘사되고 있는 춤은 그야말로 상류층의 놀이이자, 문화인의 지름길로 설명되고 있 다. 심지어 이월선 여사의 사업가 남편도 춤을 배워 해군 구락

부라는 곳에서 춤을 추기도 했다. 그것은 당시 사회에서 춤이
란 상류층을 상징하며 동시에 교양인이라는 것을 보여주는 일
종의 과시였다.

> 　　신춘호는 트로트의 기본 스텝을 밟기 시작하였다. 오선
> 영 여사는 열심히 스텝을 따라갔다. 스텝을 밟으면서도,
> 마음은 형용할 수 없는 감격에 사로잡혀 있었다. 이성의
> 품에 안겨 보는 것도 감격적인 사실이거니와, 자기 몸에
> 대해 새로운 가치를 발견했다는 것도 또 하나의 감격이었
> 다. 남편은 십 년 동안이나 부부 생활을 해 오면서도 한
> 번도 아내의 육체를 칭찬해 준 적이 없었다. 보배를 소유
> 하고 있으면서도 그 보배의 참다운 가치를 모르는 증거였
> 다. 그렇건만 신춘호는 몸에 손을 대어 보는 그 순간에, 놀
> 랍도록 감탄하지 않았던가, 아까운 보배를 헛되이 썩히는
> 것 같아서, 오선영 여사는 한숨이 절로 흘러나왔다.
>
> 『자유부인 上』, 76쪽.

어떤 식으로든 상류층에 들어가고 싶었던 오선영은 옆집 대
학생인 신춘호에게 춤을 배우게 된다. 그런데 신춘호와 춤을
추면서 오선영은 전혀 다른 가치를 알게 된다. 그것은 자신의
여성으로서의 가치를 확인하게 된 것이다. 남편에게서는 받아
보지 못한 그러한 칭찬을 입바른 소리일지라도 신춘호에게 받
게 되면서 오선영은 희열을 느끼게 되는 것이다. 자신이 아내

나, 엄마가 아니라 여성이라는 독립된 가치를 느끼게 된 것이다.

　「마담!」

　「또, 왜 그래?」

　「나의 가슴은 왜 이다지도 괴롭습니까?」

　「아이 참, 뭐가 그럴라구?」

　「차라리……, 차라리 나하고 정사(情死)해 버릴까요?」

　「정사? ……」

　오선영 여사는 정사라는 말에 말초 신경이 짜르르해 오도록 강렬한 자극이 느껴졌다.

　「너무 생각하지 말아요. 그러다 몸 약해지면 어쩌려구 그래!」

　오선영 여사는 그렇게 말하며 애처로운 듯이 신춘호의 뺨을 쓸어 주었다. 어디까지나 어리석은 여자다. 젊은 대학생이 제멋대로 씨부리는 말을 그대로 믿고, 몸이 약해질까 봐 걱정하는 것은 얼마나 어리석은 일인가.

　신춘호는 조용히 얼굴을 가까이 당겨 왔다. 입술을 요구하는 것이었다. 오여사는 얼른 신춘호의 머리를 두 손으로 정답게 감싸잡으며,

　「꼭 한 번, 꼭 한 번만이라도 용서할 테야!」

　꼭 한 번이라는 것은 음탕이 아니라 자선(慈善)을 의미하는 자기변명인 모양이었다. 입었던 옷을 거지에게 벗어 주었다면 신문 기사가 될 수 있으리라. 그러나 자선을 위해 입술을 허락했다는 것은 기사거리도 될 수 없는 넌센

스인 것이다.

『자유부인 上』, 130쪽.

　오선영은 단순히 아름답다라는 가치의 발견에서 더 나아가 신춘호에게 사랑의 구애까지 받게 된다. 남편이 아닌 다른 남자에게 안길 수 있다는, 혹은 안기고 싶다는 여성으로서의 욕망이 생산된다. 유부녀는 여성으로서의 욕망을 가질 수 없는 존재다. 남편 외에는 다른 남자에게 여성적인 매력을 피력해서도 안 된다. 그러나 정작 남편은 자신의 아내에게 어떠한 칭찬도, 어떠한 로맨스도 주지 않는다. 유부녀들은 남편과 자식들을 위한 뒷바라지에 자신의 전생을 바쳐야만 하는 존재로 전락하고 만 것이다. 어느 틈엔가 여성이 아니라 식모처럼 집에서 살아야 하는 유부녀들에게 이 오선영과 신춘호의 키스신은 대단한 충격이자 부러움이었을 것이다. 결국 오선영은 유부녀들의 대리만족의 코드로 작동하고 있었던 것이다.

　『자유부인』에서 독자들을 가장 크게 끌어당겼던 부분은 결국 유부녀들의 판타지가 맞부딪치는 새로운 연애였을 것이다.

　생각하면, 남편의 품에 안겨 본 것이 얼마나 오랜 옛날 일이었던가. 장태연 교수도 결혼 시초에는, 아무도 없을 때면 때때로 오여사를 포옹해 주는 일이 있었건만, 첫아이가 태어나면서부터는 포옹해 주기를 완전히 잊어버리고 말았다. 집에 돌아오기만 하면 연구에 바빠서 아내를 포

웅하려고 하지 않았던 것이다. 부부간의 관계로 순전히 생리적 욕구를 해결하기 위한 사무적 행동에 지나지 않는 듯이 보였다. 오선영 여사는 그것이 불만이었다.

『자유부인 上』, 75쪽.

『자유부인』의 문제적인 부분은 바로 이러한 부분이다. 오선영 여사의 허영심도, 무분별한 욕망도 분명 묘사되고 있지만, 또 한편 모든 유부녀들이 고개를 끄덕일 수밖에 없도록 만드는 부분이 이 『자유부인』에는 있었다. 남편들의 행태에 대한 묘사는 『자유부인』을 읽는 여성독자들을 공감하도록 만든다. 단순히 오선영이 나쁘기 때문은 아니라는 것을, 한편으로 오선영 역시 외롭게 가족을 위해 이름을 잃어버리고 살아가고 있으며, 이 가부장제적인 나라에서 살아가고 있는 유부녀들의 또 다른 이름이라는 것을 보여주고 있다. 그렇기 때문에 유부녀들은 이 오선영을 통해 대리만족하게 되는 것이다.

오선영의 로맨스는 유부녀들의 로맨스였다. 오선영이 설레면, 유부녀들도 같이 설렜고, 오선영이 기뻐하면, 유부녀들도 함께 기뻐할 수 있었다. 유부녀들에게 있어서 오선영의 바람은 단순히 부도덕하기만 한 행위는 아니었을 것이다. 삶의 의미가 없는 유부녀들에게, 주부들에게 자신의 존재 가치를 명확하게 보여주는 것은, 바로 누군가 자신을 아낀다는 것이다. 남편은 단 한 번도 말해주지 않던 그 존재 가치에 대해서 누군가가 밝혀주고 있다는 것. 이것은 바람이라는 단어로 쉽게 단정할 수는 없는 것이다. 바로 지금, 21세기, 현재에도 유효한 부분이다.

『자유부인』의 마지막이 아무리 오선영이 자신의 잘못을 시인하고 죄를 뉘우친다고 해도, 또한 오선영이 절대로 다른 남자들과 부적절한 관계를 직접적으로 맺은 적이 없다고 해도, 『자유부인』은 단순히 인과응보의 이야기를 될 수 없었다. 『자유부인』은 유부녀의 일탈 그 이상을 보여주었다. 오선영의 일탈과 연애를 모든 독자들이 함께 즐기고 감정이입하고 대리만족하고 있었으며, 이는 단순히 자극적인 내용을 넘어서 유부녀들의 반란을 보여주고 있었다.

이 『자유부인』은 상업 영화로 여러 번 리메이크 되면서 엄청난 인기를 누리기도 했다. 그런데 재미있는 것은 1981년에 나온 영화에서는 이러한 문제적인 요소들은 거의 삭제되고, 성적인 부분만 더 강조되었다. 선영은 결국 불륜을 저지르게 되고, 그 불륜의 대가로 스스로 목숨을 끊는 것으로 죗값을 대신한다. 상업적인 요소들은 그대로 다 보여주면서, 그녀는 '집으로' 돌아올 수 없는 것이다.

어쨌든 대중들은 『자유부인』 속에서 일탈을 경험하고, 욕망을 드러내고, 또 안전하게 집으로 돌아왔다. 『자유부인』의 인기는 이러한 대중들의 욕망을 그대로 드러내며 한 시대를 풍미하고 있었다.

Ⅲ. 다매체 시대의 대중문학—문학에서 문화로

1. 인터넷 소설과 대중문화

인터넷 소설의 시작
:『엽기적인 그녀』와『그놈은 멋있었다』

인터넷 소설의 시작을 말하기 위해서는 먼저 PC 통신에 대해서 언급해야 할 것이다. PC 통신은 지금의 인터넷 문화가 이루어지기 전, 전초적인 공간이었다. 개인용 컴퓨터를 통신 회선을 통해서 다른 컴퓨터와 이어주는 이 PC 통신은 처음으로 얼굴을 보지 않고 글로 서로 대화를 나눌 수 있는 채팅이라는 것을 시작했다. 이 PC 통신은 그 이후 수많은 회원들로 북적이며 각종 동호회를 만들기도 했고, 온라인 게임의 시초가 되기도 했다. 그야말로 인터넷 세상의 커뮤니티를 만들어낸 최초의 형태라 할 수 있다.

이 PC 통신은 채팅 등으로 수많은 커뮤니티를 생산했다. 이

것은 바로 온라인상으로 이야기를 나눌 수 있게 되었다는 것이다. 단순한 잡담에서 스토리를 가진 이야기까지 가능해졌다. 여기에서 중요한 것은 이것이 누구에게나 가능했다는 것이다. 누구나 이야기할 수 있고, 누구나 들을 수 있다. 그것은 커뮤니티 모든 이들에게 절대 다수를 상대로 자신의 이야기를 펼칠 수 있는 장을 만들었다는 것이다.

그 가운데 수많은 재미있는 이야기들이 PC 통신 이용자들 사이에서 만들어지고 유포되기 시작했다. 그 중 가장 유명했던 것이 바로 『엽기적인 그녀』였다. 이 이야기는 '견우74'라는 ID로 1999년 8월부터 나우누리 유머란에 연재되면서 엄청난 인기를 얻게 되었다. 이 인기 덕분에 ID '견우74'는 작가 김호식이라는 이름으로 2000년에 『엽기적인 그녀』를 출간하게 된다. 그 이듬해에는 동명으로 영화가 제작되어 전지현을 동아시아 지역 최고의 스타로 올려놓기도 했다.

이 『엽기적인 그녀』는 21세기 대중문학의 시초라고 할 수 있다. 100여 년 전 조선에 등장한 근대 매체인 신문이 주었던 문화 장의 변화와, 100여 년 후 21세기에 등장한 새로운 커뮤니티 문화 장의 출현은 향후 변화의 증폭으로 볼 때 충격의 효과는 같다고 할 수 있을 것이다. 왜냐하면 이야기를 만드는 사람에 대한 특권을 전복시킨 사건이기 때문이다. 신문이 처음 등장한 근대 계몽기에도 사람들은 신문이라는 공개적인 장을 보며 놀라지 않을 수 없었다. 세책방에서 비밀리에 책을 빌려보며 대중문학을 즐겼던 일들이 신문이라는 영역에서는 공개적으로 즐길 수 있는 일이 되어버렸기 때문이다. 조선 후기처럼 어둠 속에서 수면 아래에서 소통하고 있는 것이 아니라, 완전히 공개된 장소에서 누구나 자신의 목소리를 낼 수 있게 된 것이다. 그것이 바로 신문이 준 엄청난 변혁이었다. 한 사람의 독자가 바로 자신의 목소리를 내고, 글을 쓰고, 더 나아가 이야기를 만들어 낼 수 있다는 것, 그것이 100여 년 전 신문이 준 엄청난 충격이었다. 그러나 어느 정도 시간이 흐르면서 작가가 제도 속에 갇히게 되고, 작가 등용문을 통해 검열되면서 작가는 그 누구나 할 수 있는 것이 아니라 지식인들만이 할 수 있는 '그들만의 리그'가 되어 버렸다.

그런데 인터넷이라는 장은 그 모든 규율과 제도를 깨버렸다. 100여 년 전, 신문이 출현했던 그 순간으로 단숨에 돌려버렸다. 그리고는 훨씬 더 엄청난 속도로 수많은 사람들을 동시에 접속할 수 있는 커뮤니티를 만들어 내었다. 그 속에서 그 누구나 이야기꾼이 되고, 누구나 손쉽게 독자가 될 수 있었다. 그러한 면에서 『엽기적인 그녀』의 성공은 작가 등단 제도를 벗어나서도 작가가 될 수 있다는 새로운 공식을 만들어낸 것이다. 또한 채팅창에서 쓰는 듯한 말투를 그대로 옮겨놓음으로써 그 당시 PC통신 이용자들의 구미를 당기고 있었다. 입말체 그대로 글로 옮겨놓아서 더 특이하고 재미있게 느꼈던 것이다.

『엽기적인 그녀』는 주인공이 직접 만났던 여자 친구의 이야기를 에피소드별로 게시판에 올려놓은 것이었다. 그 여자 친구는 아름답고 착하고 여린 여성이 아니라, 강하고 폭력적이면서 여자가 할 수 없는 행동을 하는 그야말로 엽기적인 여자였다. 나약한 남성은 이러한 강한 여성에게 지배당하는 모습을 보여주면서 더욱 더 큰 재미를 주었다.

그런데 인터넷 소설의 시작인 『엽기적인 그녀』가 가지고 있는 매력은 이러한 재미와 엽기에 있지만은 않다. 영화에서는 많이 생략되고 말았지만, ID '견우74'가 PC 통신에 게시판에 올렸을 때는 재미와 더불어 그 당대 삶이 그대로 담겨 있었다. 그것은 그 시대를 살아가는 평범한 사람의 일상이 날것으로 그대로 드러남으로써 담기게 된 것이다.

끊임없이 등장하는 남자의 무능함, 또한 집안에서의 구박은 그 남자가 백수이기 때문이었다. 그래서 더욱더 약한 남자로 웅크릴 수밖에 없었다. 이 소설이 연재되었던 것은 1999년이었다. 대학을 졸업했지만 취직을 할 수 없었던 그 당대 20대의 애환을 담고 있다. 마치 2011년 현재 88만원 세대라 지칭되는 20대들의 모습이 그대로 투영되기도 한다. IMF가 터지고 집안의 가계는 무너진 상태에서 대학을 억지로 졸업했으나, 취직할 곳이 없는 형편, 그것이 바로 1999년 『엽기적인 그녀』를 지배하고 있는 기본 바탕이었다. 그리고 이 기본 틀은 2011년 현재에도 공감할 수 있게 한다.

『엽기적인 그녀』의 남자 주인공이 여자 친구와 어머니에게

맞고 살 수밖에 없었던 이유, 그렇게 힘이 없었던 이유는 대학을 졸업하고서도 백수가 되게 한 바로 그 시대에 있었다. 따라서 그만큼 『엽기적인 이유』는 유머를 품고 있으면서도 블랙 코미디 같은 느낌을 주게 되는 것이다. 시대의 무게가 이 유머를 씁쓸하게 하는 것이다. 이것이 인터넷 연재소설 『엽기적인 그녀』가 가볍지만 또한 완전히 가벼울 수만은 없는 이유이다.

『그놈은 멋있었다』의 경우는 또 다른 이유에서 인터넷 소설의 효시로 꼽혀야 한다. 수많은 이모티콘과 알아 볼 수 없는 언어로 가득찬 이 『그놈은 멋있었다』는 인터넷 소설 작가의 경계를 허물어 버린 소설이다. 2001년 인터넷 사이트 소설 연재란에서 『그놈은 멋있었다』를 연재한 귀여니는 그야말로 귀여니 신드롬을 일으켰고, 팬카페에는 수십만 명의 회원들이 귀여니의 소설을 읽었다.

그 당시 고등학생이었던 귀여니는 자신의 눈높이에서 이 소설을 썼다. 고등학생으로서의 애환들이 그 나이 또래의 눈높이로 제시되어 있었다. 이 소설의 가치를 떠나서 고등학생 작가인 귀여니가 출현할 수 있었다는 것 자체가 의미가 있는 일이다. 글 쓰는 것을 좋아한 한 여고생이 글을 연재하다가 결국 그것을 이용하여 대학까지 가게 된 사연은 당대 고등학생들의 영웅이 되고도 남았다.

문학적인 완성도가 낮다거나 해독이 불가능할 정도의 인터넷 용어를 사용한다거나, 글문자인지 그림문자인지 알 수 없을 정도로 언어를 해체해버리는 등 귀여니의 소설들에 대한 비판도 만만치가 않다. 그러나 귀여니가 이러한 소설을 시작하고 있다는 것은, 그리고 수많은 네티즌들이 지금 이 순간에도 그것을 따르고 있다는 것은 그만큼 10대들에게 공감을 일으키고 있다는 것이다.

『엽기적인 그녀』가 아름다우면서도 강한 여성을 담고 있는 남성의 판타지라면, 『그놈은 멋있었다』는 여성들의 판타지라고 할 수 있다. 어린 여고생의 이야기라고 하더라도 성인 취향으로 치장하고 나면 지금 유행하는 미니시리즈 등의 로맨틱 코미디 드라마들과 하등 다를 바가 없다.

『그놈은 멋있었다』는 <캔디> 만화의 현대판이기도 하다. 잘생겼지만 거친 남자들이 등장하고, 그 남자는 여자들에게 관심이 없는 그야말로 만화에서나 나올 법한 이야기다.『그놈은 멋있었다』의 내용을 보면서 그야말로 여고생의 유치한 이야기라고 치부해버릴 수도 있다. 그러나 그 유치한 이야기를 매일 드라마를 통해서 시청하고 있는 수많은 시청자들을 생각하면 이를 단순히 유치하기만 한 이야기라고 할 수는 없을 것이다. 여전히 드라마에서는 가난하지만 착한 여성이 이 시대 대단한 재벌 2세인 실장님이나 본부장님의 마음을 바꾸고 새로운 신데렐라 이야기를 쓰고 있다. 착한 실장님에서 냉철하고 차가운 본부장님들이 등장하고 있지만, 어쨌든 여주인공을 통해서 그들이 변화되어 가는 과정이 늘 반복되고 있다. 또 모든 것을 다 가지고 있는 재벌 2세 실장님과 본부장님은 심지어 이혼녀에게까지 사랑을 고백하기도 한다. 이러한 드라마가 그렇게 큰 흥행을 이루고 있다면, 대한민국의 수많은 텔레비전이 같은 시간, 같은 방송을 하고 있다면, 이를 단순히 어린 여자아이들의 유치한 이야기라고만 치부해버릴 수는 없는 것이다.

『그놈은 멋있었다』의 여주인공은 『엽기적인 그녀』의 아름다운 여성과는 다르다. 분명 성격적으로는 비슷하게 싸움까지 할 수 있는 강한 여성이지만, 외모에서는 전혀 다른 모습을 보여준다. 전자의 여주인공 한예원은 그다지 예쁘지도, 키가 크지도, 몸매가 좋지도 않다. 그러나 그런 예원을 소위 모든 면에서 짱인 지은성이 좋아하게 되면서 여고생들의 대리만족의 최대치를 보여준다. 주위에서 흔히 볼 수 있는 평범한 여학생이 너무나 잘생기고, 힘도 세고, 집안까지 좋은 남학생의 엄청난 애정을 받는다는 것은 이 시대 평범한 여성들 모두의 판타지라 할 수 있다. 그 이전까지 어떤 성격이었든 간에 아름다운 여성이 주인공이었다면, 『그놈은 멋있었다』의 여주인공은 외모 면에서 평범하다는 면이 가장 큰 특징이다.

이러한 측면은 일상의 평범한 여학생이 인터넷에 자신의 이야기를 올렸기 때문에 가능한 것들이었을지도 모른다. 10대의 생생한 이야기, 유치할지라도 자신의 바람을 넣은 이 이야기가 귀여니 신드롬을 일으킬 만큼 공감을 일으켰는지도 모르겠

다. 이러한 면은 결국 대중문학이 가지고 있는 현시성, 당대와
호흡하는 현실성이 개입하기 때문에 드러나는 면이라 할 수
있을 것이다.

'앓이'와 '폐인'의 등장
:『내 이름은 김삼순』에서 〈시크릿 가든〉까지

대중문학, 특히 신문연재소설이나 대중적으로 큰 인기를 끈
대중 소설들은 멜로드라마의 성격을 가지고 있는 것이 대부분
이다. 착하고 아름다운 여주인공이 온갖 역경을 뚫고 잘생기
고 부자인 남자를 만나 행복하게 잘 산다는 신데렐라 동화가
그 주축을 이루고 있다. 그런데 너무나 익숙한 신데렐라 스토
리를 아주 조금 비튼 소설이 등장했다. 아주 조금 비튼 효과는
상당히 큰 차이를 보여주기도 한다.

2005년 6월 문화방송에서 16부작 드라마로 방영된 〈내 이
름은 김삼순〉은 그 당시 시청률 50%를 육박하며 국민 드라마
라는 찬사를 듣게 된다. 이 드라마의 원작인 『내 이름은 김삼
순』의 작가 지수현은 2001년 2월 온라인에서 『누나와 나, 혹은
그 녀석과 나』를 연재하면서 글을 쓰기 시작했다고 한다. 작가
지수현 역시 인터넷 소설에서 시작한 작가였다.

『내 이름은 김삼순』의 프롤로그에는 다음과 같은 글이 나온다.

• 드라마 〈내 이름은 김삼순〉 포스터

나이 서른 먹은 여자에게 연인이 생기기란
길에서 원자폭탄을 맞는 것보다 어렵다.

－파니 핑크

　이제까지 나오던 신데렐라 이야기와 다를 바가 없다. 가난하지만 순수한 여주인공은 조금은 차갑지만 멋지고 부자인 남자를 만나 행복해진다. 그런데 이제까지와 다른 점은 그 가난하지만 순수한 여주인공이 아름답지 않다는 것이다. 아니 아름답지 않은 정도가 아니라 뚱뚱한데다 나이까지 많고 성격도 보통이 아니다. 비슷하지만 다른 점, 혹은 이 아주 조금 비틀어진 스토리가 전체 내용의 흐름을 완전히 바꾸어 버린다.

　김삼순은 키 159cm에 몸무게 63kg으로 그저 그만그만한 삶을 살아가고 있는 평범한 여자다. 결혼정보회사에서 "다행히 삼순 씨는 안전한 직장이 있으시니까 그 점 하나는 높이 살 만합니다만, 솔직히 나이에 학력, 체격 등등으로 미루어 한두 번으론 제대로 된 짝을 만나시기 어려운 형편입니다."라는 말을 듣고 특별회원관리비로 790만원을 요구받는다. 그런데 그나마 장점이었던 직장에서까지 짤리고 만다. 케익과 빵을 만드는 파티쉐가 직업이었던 김삼순이 바람 피우고 자신을 버린 옛 남자친구의 약혼식 케이크에 청량고추를 넣어버리고 만 것이다. 믿었던 남자친구가 크리스마스날 자신의 친구와 바람을 피우고 자신을 차버리고, 직장에서는 잘리고, 직업상 살이 너무 쪄서 다이어트가 목표인 여자. 이런 여자는 바로 다름 아닌 이 시대를 살아가고 있는 평범한 여자들이다. 아니 여자를 남자로 바꾸어도 마찬가지이다. 키가 작으면 소위 '루저'라는 말을 들어야 하고, 직업이 없는 백수면 결혼도 하기 어려운 현실, 이것이 우리가 지금 살아가고 있는 이 시대의 자화상이다.

　그래서 김삼순이 이 시대를 향해서 시원하게 욕하는 모습에 속이 시원해지는 것이다.

　"네가 정말 못된 애라는 거 넌 아니?"

　"받은 대로 돌려주는 게 못된 거라면 난 그냥 못된 대로 살 거야. 평생."

여전히 사랑스런 미소를 머금은 채, 김삼순의 고교 동창은 다음과 같이 말했다.

"사람들은, 특히 남자들은 겉가죽에 조건만 좋으면 그런 것 별로 신경 안 쓰거든."

하지만 거기에서 말하던 혜연의 얼굴에서 방금 전까지 있던 사랑스런 미소가 잠시 꺼졌다. 여자는 조금 분하다는 얼굴로 삼순을 보며 말을 이었다.

"간혹 가다 너 좋다는 그 남자처럼 예외가 있긴 하지만. 이해할 수가 없어. 난 네가 마음대로 퍼먹고 무사태평하게 있는 동안 죽을힘을 다해 다이어트를 하고, 차밍스쿨을 다니고, 공부도 열심히 해서 잘난 여자가 되려고 노력했는데, 왜 너같이 퍼진 애가 그런 킹카를 만날 수 있었을까? 네가 나보다 뭐가 더 나아서?"[30]

김삼순에게 열을 내고 있는 동창 정혜연의 말은 얄미우면서도 지금 현실 그대로를 적나라하게 보여준다. 자신의 외모를 가꾸는 건, 남자들이 오로지 겉가죽에만 신경 쓴다는 것 때문이었다. 좋은 남자 만나 시집만 잘 가면 된다는 사고도 웃기지만, 내면이야 어떻든 외양만 좋으면 된다는 남자들 자체에 대해서도 비판을 가한다. 혹은 남자와 여자 모두에게 해당되는 문제일 수도 있다. 겉모양만 번지르르하면 된다는 사고방식, 지금 이 현실을 그대로 빗대놓고 있다.

---

[30] 지수현, 『내 이름은 김삼순』, 눈과마음, 2004, 293~294쪽.

　굳이 연애 문제는 아니더라도 나이를 먹고, 사는 것에 점점 익숙해질 때도 된 것 같은데, 주변에서도 그걸 요구하는데, 정작 나 자신은 모든 것이 더 어렵게 느껴지는 것은 왜일까요?

　이렇게 여주인공 삼순이 하는 생각이나 벌이는 실수담은, 사실 그녀의 연애담을 빼고 전부 제가 한 번쯤은 저질러 보았던 짓이었습니다. 운전면허를 따려다가 남의 차 뒤꽁무니를 박아 벌금을 냈다든지, 마감 직전의 현금지급기에 갇혀서 곤란했던 것 등등. 본문에 나온 버스 기사님의 경고문은 실지로 제가 들었던 것이랍니다. 참고삼아 말씀드리면 그해에 수색대가 뜨게 만든 인물은 저였습니다.

　창피해서 어디 가서 말도 못한 그 에피소드들을 결국 이렇게 써먹게 되는군요.

"작가 후기", 『내 이름은 김삼순』, 393쪽

　작가 지수현의 말을 들어보면 『내 이름은 김삼순』의 에피소드들은 자신이 직접 겪은 실수담들이라고 한다. 이 말은 그만큼 이 시대를 살고 있는 미혼의 여성들이 겪고 있는 괴로움이나 실수 같은 것들이 이 작품에 많이 들어 있다는 것이다. 그만큼 생생하게 날것과 같이 들어 있다. 어쩌면 이러한 것들이 『내 이름은 김삼순』의 엄청난 흥행을 만들어 내었는지도 모른다. 비범하고 잘난 누군가가 주인공이 되지 않고, 뭔가 모자라고 부족한, 그러면서 뚱뚱하고 못생기기까지 한 이 시대의 평범한 어떤 사람이 주인공이 될 수도 있는 그런 보통의 평범한 이야기. 그 가벼움과 평범함이 독자들을 더 공감하게 한다. 일과 사랑을 모두 중시하는 평범한 어떤 여성의 이야기, 그리고 이 일은 단순히 돈을 벌기 위해서나 좋은 남자를 만나기 위해서가 아니라 자신의 성취감을 위해서 자아를 발현하기 위해서 자신의 가치를 담고 있음을 보여준다.

어쩌면 아주 허무맹랑한 현대판 신데렐라 이야기인지도 모른다. 나이 많은 노처녀가, 그리고 뚱뚱하고 못생긴 여자가 재벌 가문에 연하인 잘생긴 남자 친구를 갖게 된다는 것은 길에서 원자폭탄을 맞는 것보다 더 어려운 일인지도 모른다. 그러나 이 드라마는 그 결론이 중요한 것이 아니라고 말한다. 그저 평범한 누군가가, 평균보다 이하인 누군가가 그래도 열심히 살아갈 가치가 있다고, 그리고 아주 열심히 살아가고 있다고 보여주는 것만으로도 평범한 대중들의 마음을 공감하게 한다.

소설에서 김삼순을 사랑하는 장도영은 드라마에서는 현진헌이라는 인물로 등장한다. 또한 그 역은 현빈이 맡게 되고, 현빈은 김삼순을 맡은 김선아와 더불어 엄청난 인기를 얻게 되었다. 김삼순을 역을 맡은 김선아는 실제 김삼순의 역할에 맞게 살을 계속 찌울 만큼 이 역에 몰입했다. 그리하여 이 <내 이름은 김삼순>이라는 드라마는 김삼순 이전과 이후를 구분할 수 있을 만큼 로맨스 코미디의 분위기를 바꾸어 놓았다. 즉 기존 여자 주인공의 캐릭터를 완전히 바꾸어 놓은 것이다.

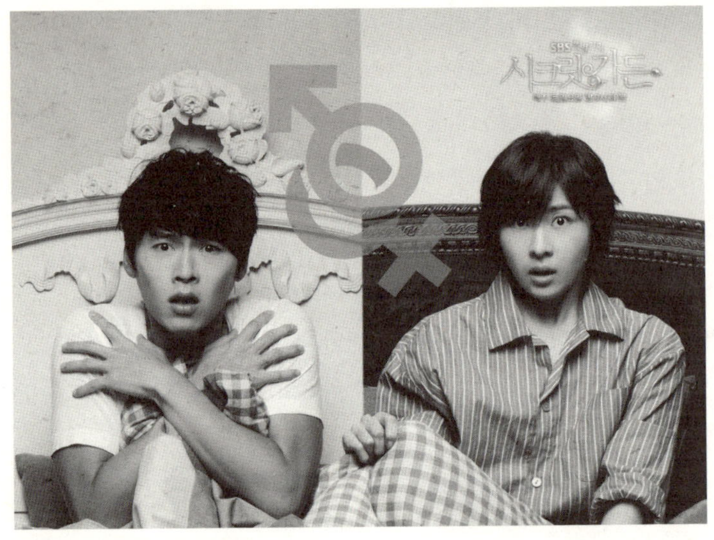

● 드라마 〈시크릿 가든〉 포스터

　〈내 이름은 김삼순〉에서 현진헌 역할을 맡았던 현빈은 2010년 11월 13일부터 2011년 1월 16일까지 서울 방송에서 〈시크릿 가든〉에 출현하여 또 한번 엄청난 폐인을 양산하게 된다. 김삼순 캐릭터와는 많이 다르면서도 같은 면이 있는 길라임을 통해 또 다른 여성의 모습을 보여준다. 남녀의 영혼이 바뀌는 등 판타지 요소가 많지만 기본 줄기는 〈내 이름은 김삼순〉과 비슷하다. 무술 감독을 꿈꾸는 스턴트우먼 길라임과 백화점 사장인 김주원이 사랑하게 되는 이야기이다. 역시 신데렐라 이야기지만, 여기에도 구조가 조금 뒤틀려 있다. 길라임은 남자보다도 더 힘이 세고 무술에 강하다. 게다가 위험한 스턴트우먼이라는 직업을 가지고 있다. 그리고 누구보다 자신의 직업에 대한 자존감이 강하다.

비슷한 스토리에 비슷한 구성이 100년 전부터 이어져오고 있다. 그러나 그 시대에 맞게 그 시대의 독자들의 상황에 맞게 조금씩 변형을 이루고 있다. 대중문학은, 혹은 대중문화 드라마는

● 서울방송 드라마 〈시크릿 가든〉 포스터

독자들과 교감하면서 문화의 흐름을 새롭게 만들고 있다. 문학에서 문화로 이어지고 있는 이 시점에서 주인공은 이제 아름답기만 하지는 않다. 대중문학은 그 시대의 현장을 그대로 반영하지 않으면 호응을 얻기 어렵다. 따라서 작가들은 당대 가장 뜨거운 화두를 대중문학 속에 담아낸다. 그러나 이 현장성은 어쩔 수 없이 이 시대를 살고 있는 사람들을 담아낸다. 주류가 아닌 비주류가 주인공이 되기 시작하고, 뚜렷했던 가치관들이 변하기 시작하며, 가부장제적 사고가 깨어지고 새로운 움직임들이 꿈틀거리기 시작한다. 결국 이것이 바로 대중문학이 서 있는 한계이자 또한 동시에 변혁이 되고 있는 것이다.

멜로드라마와 정치의 결합 : 〈성균관 스캔들〉

2010년 후반, 한국방송에서 〈성균관 스캔들〉이라는 드라마가 엄청난 반향을 일으켰다. 이 반향은 '걸오 앓이', '선준 폐인' 등 다양한 인터넷 용어를 양산하면서 온라인, 오프라인 등에서 이 드라마에 나온 배우들에 대한 인기로 이어졌다.

드라마 〈성균관 스캔들〉의 원작은 인터넷 소설 『성균관 유생들의 나날』과 『규장각 각신들의 나날』이다. 이 소설을 집필한 것은 정은궐이라는 필명을 쓰는 작가로, 정확하게 알려져 있는 바는 없다. 몇 년 전부터 인터넷 소설 카페 등에서 활동한 것으로 알려져 있으며, 그 이후 인터넷 상 입소문으로 인기를 얻기 시작했다. 그리고 5년 전부터 파란미디어와 출판 계약을 하면서 『성균관 유생들의 나날』과 그 후속편인 『규장각 각신들의 나날』을 출판하기에 이른다. 정은궐의 『성균관 유생들의 나날』은 지금까지 10년 동안 최고의 로맨스 소설 1위를 달리고 있다. 『성균관 유생들의 나날』과 『규장각 각신들의 나날』에 대한 인기는 엄청나서 일본, 중국, 태국, 베트남, 대만 5개국에 번역본을 출판 기획하면서 일본어 번역본은 이미 출간되었다고 한다.[31]

---

31 작가 정은궐에 관한 내용과 인터뷰 내용은 http://paranbook.egloos.com/ 파란미디어 출판사 블로그에서 참고했다. 파란미디어는 이 블로그에 자신들이 출판한 작품을 홍보하거나 소개하고 작가 인터뷰 등을 실어서 독자들과 소통하고 있다.

● 한국방송 드라마 〈성균관 스캔들〉의 한 장면

　작가 정은궐에 대해서는 거의 알려져 있지 않다. 파란미디어와의 인터뷰 글을 보면 작가 스스로 유명해지고 싶어 하지 않는다고 한다. 30대 후반 여성이고, 따로 직업을 가지고 있지만, 알리고 싶어 하지 않는다는 게 출판사 측의 설명이다. 드라마 〈성균관 스캔들〉의 인기로 각종 인터뷰와 강연, 사인회가 쏟아지지만, 작가 스스로 원하지 않아서 고사하고 있다고 한다. 2012년 초에는 정은궐의 『해를 품은 달』이 문화 방송에서 드라마화되면서 퓨전 사극의 전성시대를 열고 있기도 하다.

　『성균관 유생들의 나날』은 김윤희라는 여인이, 남자들만 갈 수 있는 성균관에 남장하고 들어가면서 생기는 에피소드들이다. 동생의 이름을 빌어 김윤식이라 지칭하며 성균관에서 남자들과 똑같이 생활하게 된 김윤희는 여러 가지 오해 끝에 대물이라 불린다. 또 이 김윤희의 주변에는 노론의 자제로 비상한 머리와 올곧은 직관력을 지닌 가랑 이선준과, 소론 대사헌의 아들이며 세상에 불만을 품은 채 부랑아처럼 살고 있는 걸오 문재신이, 그리고 엄청나게 많은 여자들을 거느리고 다니고 공부에는 뜻이 없어 보이나 알고 보면 재물로 양반 지위를 얻은 중인 계층이 상승해 올라온 여림 구용하가 있다. 그야말로 한 명의 여자에 세 명의 남자가 호위하며 다니는 형국이니 여성들이 꿈꾸는 로망이라고도 할 수 있는 내용이다. 또한 이러한 선남선녀의 모습을 드라마는 한 치의 오차도 없이 더 극대화하여 보여주고 있다.

김윤희가 남자인 줄 알면서도 마음이 끌려서 괴로워하는 가랑 이선준을 보는 재미나, 세상에 불만을 품고 건달처럼 힘을 쓰며 다니지만 정작 윤희에게는 따뜻한 마음을 보여주는 걸오 문재신의 짝사랑은 멜로드라마의 정석을 보여준다. 또한 보기만 해도 흐뭇해질 정도로 멋진 남자들이 서로 우정을 보여주는 장면들은 시청자들의 눈을 즐겁게 하기에 전혀 모자람이 없다. 여기에 더해 서로 끊임없이 싸워대면서도 서로를 많이 아끼고 챙기는 걸오 문재신과 여림 구용하의 모습도 드라마 <성균관 스캔들>의 시청률을 올리는 데 큰 역할을 했다.

이러한 여러 가지 멜로드라마적인 요소 중에서도 원작 소설과 드라마 모두 가랑 이선준과 대물 김윤식의 사랑에 상당 부분 할애하고 있다. 특히 이선준은 성균관 유생인 김윤식을 남자로 알고 있기 때문에 혼자서 속앓이하는 모습이 많이 등장한다.

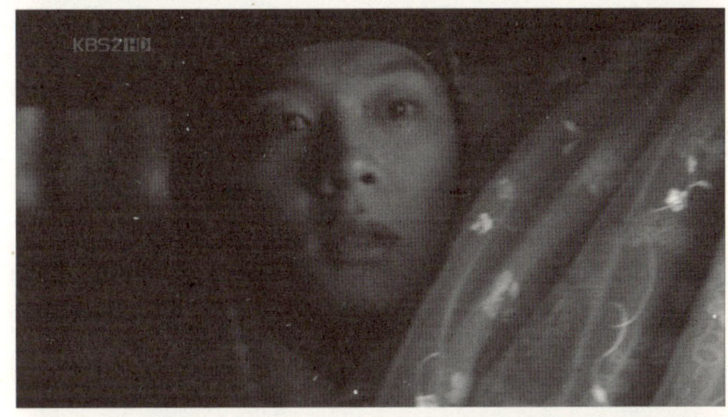

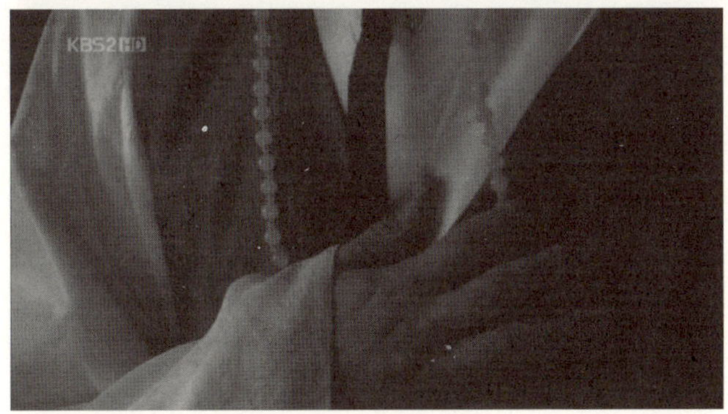

● 한국방송 드라마 〈성균관 스캔들〉의 한 장면

김윤희가 아픈 동생과 생활고 때문에 어쩔 수 없이 김윤식이라는 이름으로 남장하게 되지만, 김윤식이 여자임을 모르는 이선준의 가슴 앓이는 소설과 드라마 전체의 가장 큰 러브라인이다. 원작 소설에서도 이선준은 자신이 남색인가 하여 고통스럽게 고민하는 모습이 나온다. 드라마에서는 이러한 면을 더 극대화하여 원작 소설『성균관 유생들의 나날』에는 나오지 않았던 김윤식의 기생 변장 장면을 넣기까지 한다. 이러한 부분은 이선준이 자신의 마음을 깨닫게 되는 계기로 작용하게 된다. 그 이후 이선준은 가슴이 요동칠 때마다 "김윤식은 동방생일 뿐이다"를 마치 주문처럼 외우고 다니면서 시청자들의 마음을 끌어당겼다.

우여곡절 끝에 김윤식이 여자라는 것을 알게 된 이후 이선준과 김윤희의 사랑은 깊어만 가게 된다. 드라마에서는 원작의 에피소드들을 좀 더 감각적으로 표현하고 있다. 시트콤 <지붕뚫고 하이킥>의 목도리 키스나 <아이리스>의 사탕 키스, <시크릿 가든>의 거품 키스 등 요즘은 키스를 다양한 방식으로 보여주며 이슈가 되고 있다. 드라마 <성균관 스캔들>에서도 일명 갓끈 키스라 하여 키스 전 이선준이 김윤식과 자신의 갓끈을 푸는 모습을 차례로 천천히 보여준다. 주상의 명으로 금등지사를 찾고 있던 이들이 예기치 않게 도르래 고장으로 서책가 통로 속에 갇히게 되면서 청춘 두 남녀의 키스신이 등장하고 있다. 특히 드라마는 갓끈을 푸는 행위를 마치 옷

고름을 푸는 행위처럼 느껴지게 감각적으로 천천히 보여줌으로써 두 주인공 남녀의 감정선을 최대한 살려내고 있다. 또한 이러한 모습은 시청자들의 오감을 자극하는 것은 말할 필요도 없다.

• 한국방송 드라마 〈성균관 스캔들〉의 한 장면

사실 소설 『성균관 유생들의 나날』에서는 김윤희와 이선준의 애정 라인이 강화되어 있고, 걸오 문재신은 그것을 한 발 물러서서 지켜보는 정도에 그치고 있다. 그런데 이것이 드라마화 되면서는 소설 속에서 보이던 걸오 문재신의 짝사랑 부분을 강하게 확장하여 좀 더 로맨틱한 인물로 바꿔놓고 있다.

소설 『성균관 유생들의 나날』이나 드라마 <성균관 스캔들> 속의 걸오는 그야말로 자신의 호처럼 미친 말이라는 별명을 가지고 있다. 그만큼 그 누구도 걸오를 건드릴 수도 없을 정도로 위험천만한 인물로 나오고 있다. 늘 복장도 불량하고, 태도나 언행도 불량하며, 성균관 내에서 수업도 제대로 듣지 않고, 청재(기숙사)에서 자는 일도 거의 없다. 알고 보면 노론과 소론이 싸우는 정치판에 이를 갈며, 또 노론에 대한 분노를 가지고 현실 비판적인 내용을 종이에 적어 밤마다 세상에 뿌리고 다니는 홍벽서이기도 하다.

뭔가 사나운 말 같은 그가 유독 김윤희 앞에서만 부드러워진다. 김윤희가 여자라는 것을 가장 먼저 알았기 때문이기도 하고, 김윤희의 아버지가 자신의 죽은 형과 같이 세상을 바꿔보려던 사람이라는 것을 알게 되면서 더욱 김윤희를 챙겨주게 된다.

드라마에서는 이런 걸오의 애정을 위의 장면을 통해 극대화시켜준다. 무심한 듯 배려하는 걸오의 마음이 드러나는 장면이다. 김윤희 스스로는 알지 못하는 상황이지만, 걸오가 바지의 끈을 매어주는 순간, 김윤식은 본연의 자신인 김윤희가 되었다. 아버지가 성균관 박사였다는 것을 처음 알게 된 윤희의 고뇌하는 마음을, 걸오는 풀어진 바지의 매듭을 묶어주며 위로를 전하고 있었다. 구구절절한 말보다는 작은 행동으로, 그렇게 윤희의 마음을 위로하고 있었다.

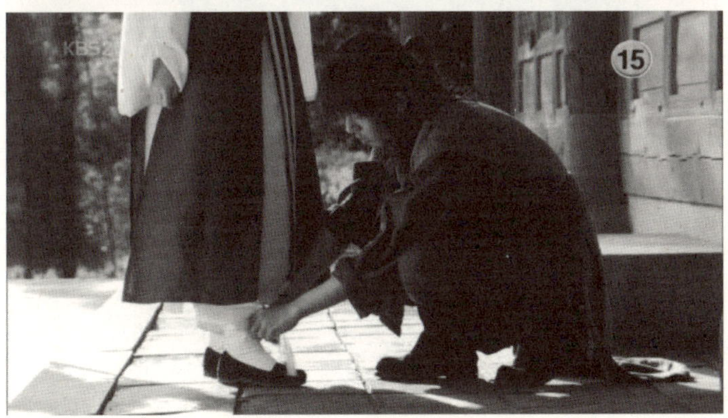

● 한국방송 드라마 〈성균관 스캔들〉의 한 장면

걸오의 위로를 받은 윤희가 자신도 모르게 애잔한 표정을 짓게 되고, "걸오 사형은 정말 고마운 분"이라는 말을 남기게 된다. 그 말을 듣는 걸오는 다시 멈칫하며 머뭇거리는 장면이 지나가면서, 윤희와 걸오의 감정선을 잔잔하면서도 감각적으로 보여주고 있다.

• 한국방송 드라마 〈성균관 스캔들〉의 한 장면

결국 이 작품은 선준과의 달콤한 로맨스와 걸오와의 애절한 감성이 그만큼 독자 대중들에게 엄청난 반향을 일으키며 인기를 끌게 되었던 것이다.

그런데 이『성균관 유생들의 나날』은 조금 독특한 분위기를 안고 있다. 여기에서 그친다면 그저 멋진 남자에게 구애를 받는 여성의 로망 정도로 다른 대중 소설들과 다를 바가 없었을 것이다. 이 소설은 여기에 '정치'라는 키워드를 더 넣고 있다. 이 작가는 직업 소설가가 아니다. 어느 정도 학식을 갖추고, 또 전문직 직장을 가진 인물일 확률이 높다. 그러한 작가는 여기에 조선이라는 판 내에 현실의 정치판을 새겨 넣었다.

> "너한테는 너무나 당연한 그 기회가 나한테는 하늘이
> 무너지고 땅이 솟구쳐도 불가능한 기적…… 기적이란 말
> 이야."

김윤희가 이선준에게 외치는 이 말은 여성이기 때문에 당하는 불이익에 대해서 아니 불가능한 일들에 대해서 분노를 보여준다. 여기에 더 나아가 드라마에서는 이러한 비판적 의식을 더욱 강화한다. "계집에겐 관원의 자격이 없다 하셨습니다. 근데 스승님, 참 이상한 일입니다. 이 나라 조선은 왜 이 모양일까요? 관원의 자격을 지닌 사내들이 쭉 만들어 왔는데 말입니다."라며 여자는 관원이 될 자격이 없다고 힐난하는 스승 정

약용에게 당차게 비꼬아 버리기도 한다. 지금이라고 뭐가 다른가 싶을 정도로 아주 풍자적이면서 당찬 발언이다. 실제로 김윤희는 여성이지만, 남성 못지않은 일들을 해낸다. 포기하지 않는 끈질김과 여성 특유의 부드러운 인간관계로 남성들보다도 더 뛰어나게 일을 처리하게 되고, 이를 정조 역시 높이 사게 된다.[32]

● 한국방송 드라마 〈성균관 스캔들〉의 한 장면

홍벽서로 활동하는 걸오 문재신은 "글로 세상을 바꿀 수 있다는 치기를 가진 청춘"으로 표현된다. 이 시대는, 노론과 소론이 서로 쟁파를 이루며 백성에 대한 관심은 없이 오로지 자신

---

[32] 소설 『성균관 유생들의 나날』에서는 구체적으로 어느 왕의 때인지 언급되고 있지 않다. 드라마에서는 이를 정조 시대로 명확하게 보여주고 있다.

들의 이익을 위해서 죽도록 싸우고 있으며, 그 와중에 백성들은 가난에 찌들려 굶어 죽어가고 있는 그 가운데 개혁을 외치는 정조는 세상을 바꾸기 위해 청춘들을 모으려 하는 상황이다.

　　"'성스'에는 우리가 성장하는 모습이 있잖아요.
　　좌절로 끝났으면 좋겠어요.
　　10대 20대들이 보고 그 갑갑함을 함께 느꼈으면 좋겠어요.

　　밝은 내일을 보여주는 것이 아니라
　　'우리에겐 아무런 힘이 없다'는 무기력감을 느낄 수 있게요.
　　그래서 더 많이 분노하고 더 많이 어찌할 바를 몰랐으면 좋겠거든요."

'걸오 문재신'을 연기한 배우 유아인 인터뷰 중

　이 작품 속에서 정조는, 또 소설 속의 왕은 이렇게 말한다. 이 청춘들이 얼마나 자신들이 할 수 있는 일이 없는지 철저히 좌절을 느꼈으면 좋겠다고. 그 말은 바로 이 현실이 얼마나 개혁을 필요로 하는지, 얼마나 현실이 썩어 있는지 느껴보라는 말이다. 그 절망감 속에서 개혁을 이루고, 새로운 세상을 만들어 나가고자 하는 힘들을 만들어 보려는 변혁적 의식을 보여준다. 걸오 문재신을 연기한 배우 유아인의 인터뷰도 그것과 맥을 같이 한다.

● 한국방송 드라마 〈성균관 스캔들〉의 한 장면

드라마 〈성균관 스캔들〉은 소설 『성균관 유생들의 나날』과 『규장각 각신들의 나날』의 부분이 섞여 있다. 특히 정치적인 싸움이나 개혁의 정신에 대한 내용의 상당부분은 『규장각 각신들의 나날』에서 가져오고 있다.[33] 사실 원작 소설인 『성균관 유생들의 나날』은 연애의 측면이 좀 더 부각된 반면, 『규장각 각신들의 나날』은 전자에서 보이던 사회 비판적 의식이 좀 더 강화되어, 사회 개혁적인 측면이 대거 등장하고 있다.

어쨌든 이 작품이 가지고 있던 사회 개혁적이고 비판적인 성향은 그대로 드라마에 등장하게 되는데, 그것은 정조와 잘금 4인방[34]이 실제 노론과 싸워나가는 장면에서 많이 나타난다. 특히 노론 수장의 아들이면서도 노론 편에 서기보다는 객관적인 자리에 있고자 하는 가랑 이선준에게 정조는 나침반을 선물로 하사한다. 정조는 "나침반의 바늘이 흔들리는 한, 그 나침반은 틀림이 없다"며 회회국(이슬람)의 경전의 말을 인용하며, 현실에 대해 늘 의심하고 의문을 품어보라며 요청한다. 늘 올바른 길을 걷기 위해 노력하라는 의미심장한 선물을 노론의 아들에게 준 것이다.

이것이 바로 소설 『성균관 유생들의 나날』과 『규장각 각신들의 나날』이 서 있는 위치이다. 멜로 드라마적 요소로 멋진 남성들의 모습을 보여주면서, 또 한편으로는 지금 현실에 대해 비판적인 성찰을 보여준다. 청춘이 어떠한 길을 가야하는지 묻기도 한다. 그 정치조차 상업적으로 이용되고 있다고 할

---

[33] 드라마 〈성균관 스캔들〉 집필 작가는 『규장각 각신들의 나날』은 드라마에 넣지 않았다고 하지만, 실제로 보면, 『규장각 각신들의 나날』의 내용이 상당수 들어와 있다. 또 이 때문에 원저작자과 출판사에서는 『규장각 각신들의 나날』에 대한 판권은 팔지 않았다고 한다. (http://paranbook.egloos.com/ 참조)

[34] 기생들이 붙여준 말로, 꽃미남 4인인 대물 김윤식(김윤희), 가랑 이선준, 걸오 문재신, 여림 구용하를 일컫는 말이다.

수도 있으나, 그것이 소위 트렌드라 하더라도, 정치적 성향을 요구하는, 현실을 비판하는 내용을 대중이 요구한다면 그 역시 이 대중소설 속에, 이 대중 드라마 속에 담길 수 있다는 것이다. 이것이 바로 대중소설이 가지고 있는 현재성이며, 또한 대중소설 역시 '소설'이라는 장르에 들어 있다는 반증이다.

2. 스토리텔링과 문화콘텐츠
－대중문화 속의 내러티브

스토리텔링(storytelling)의 구조

스토리텔링은 스토리(story)와 텔링(telling)이 결합된 용어로 이야기를 들려주는 행위, 또는 담화 활동이라고 한다. 아주 오래전 구술 양식이 현대화된 것이라고 볼 수 있다. 즉 "스토리텔링은 본질적으로 구술의 속성인 현장성(=현재성), 재연성, 소통성을 그대로 지니는 시공간적(현장성), 다감각적(재연성), 상호작용적(소통성) 담화양식이라 할 수 있다. 즉 상대와 동일한 시공간에서 말이나 소리, 이미지, 제스처 등 다양한 감각을 동원해 서로 이야기를 주고받는 상호작용적 담화양식이다. 그러므로 우리는 기본적으로 시공간성, 다감각성, 상호작용성 중 하나 이상을 속성으로 하는 담화를 가리켜 스토리텔링이라 칭한다."[35]

그러나 단순히 재미있는 이야기가 스토리텔링이라고 생각해서는 안 된다. 현대에 쓰이는 스토리텔링은 그저 재미있게 주고받는 이야기에서 그치지 않는다. 그것은 고도의 작전과 마케팅 전략과 함께 하고 있다. 영화도, 음악도, 광고도, 게임도, 연설도 모두 이러한 스토리텔링은 사용하되, 그 안에는 굉장히 섬세하고 정교한 구조가 숨어 있다. 그 구조는 바로 서사라는 양식이다.

강렬한 이미지로 소비자의 시각을 사로잡는 기술에 바로 서사라는 양식이 사용되고 있는 것이다. 예를 들어, 우유 광고를 생각해 보자. 몇 년 전, 낙농 업계에서 우유 소비에 관한 텔레비전 광고를 낸 적이 있다. 그 광고에는 일종의 이야기가 존재했다. 춘향이와 향단이가 주인공으로 나와서 이몽룡이 돌아오기만을 기다리는 내용이었다. 그런데 춘향이는 우유가 싫어서 계속 먹지 않고 향단이에게 미뤘다. 그래서 향단이는 어쩔 수 없이 춘향이가 거부한 우유를 열심히 먹었다. 그리고 드디어 이몽룡이 암행어사가 되어 돌아왔는데, 이몽룡은 우유를 먹고 예뻐진 향단이에게 반해서 구애를 하고 만다. 그것을 본 춘향이는 땅을 치며 후회하고, 우유를 열심히 먹는다는 내용으로 구성된 광고였다.

이 광고는 2가지 매커니즘을 보여주고 있다. 한 가지는 우

---

35 류은영, 「담화의 논리 : 구술에서 디지털스토리텔링까지」, 『외국문학연구』 제39호, 2010. 8, 83쪽.

유를 먹으면 예뻐진다는 고전적인 가설, 그리고 다른 한 가지는, 2인자도 언젠가 주인공이 될 수 있다는 가설이다. 두 번째 가설이 바로 현대적인 해석이다. 엑스트라도 주인공이 될 수 있다는 그 가설이 바로 20세기와는 다른, 사고의 전환이다. 첫 번째 가설은 사실 예전 고전 소설들과 다를 바가 없다. 그래서 성형을 조장하는 듯이 보일 수도 있다. 그런데 두 번째 가설은 첫 번째 가설을 뒤엎으며, 새로운 가능성을 보여준다. 고전적 에피소드를 차용하되, 현재적인 감각으로 재구성해내는 것이 스토리텔링이 가지고 있는 현재적인 의미이다.

스토리텔링은 이야기를 일종의 구조로 이해하여 이것을 패턴화시킨다. 비슷한 줄거리가 이어지고, 그 이야기들은 비슷한 형태로 늘 반복된다.

1. 어린이 만화나 영화―변신할 때
2. 주인공의 법칙―삼각관계(조연들의 역할(남, 여) / 집 안배경)
3. 악과 선의 법칙(주연과 조연의 법칙―친구의 조건)
4. 첫 만남의 법칙(안하무인)
5. 막장 드라마의 법칙(배신남과 복수녀)

도표에 나타낸 것처럼, 대중문학, 대중문화에서는 그 일정한 패턴들이 늘 반복된다. 많은 사람들이 당연히 받아들이면서도 문득 돌이켜 보면 의문이 생기는 것들이 많다. 어린이 만화나 영화에서 늘 주인공들이나 영웅들이 변신할 때는, 악당들이 공격하지 않으며, 주인공은 늘 선남선녀이고, 조연들은 그들을 잡아먹지 못해서 안달난 세상에서 잘 만나기 힘든 악한들이다. 또 악인과 선인 역시 원래는 친구였다가 오해와 불신 끝에 서로 원수가 되기도 한다. 또 멜로드라마에서는 남녀 주인공의 만남은 늘 안하무인으로 서로 무시한다거나 기분 나빠하는 것으로 묘사된다. 요즘 한창 인기 몰이를 하는 소위 막장 드라마들 역시 배신한 남자와 복수하는 여자, 혹은 그 반대의 경우가 있기 마련이다. 이러한 구조는 분위기, 배경만 바뀔 뿐, 그 주된 플롯은 늘 비슷하게 이어지고 있다.

결국 이 스토리텔링은 대중소설에 등장하는 변함없는 내용물을 구조화시킨 것이라 할 수 있다. 어느 정도의 정형성을 가지고 있는 대중소설은 일종의 법칙을 가지고 있고, 이것을 패턴화시켜 조금씩 변형시켜서 각종 소설이나 드라마, 영화, 혹은 광고 등 다른 문화콘텐츠로 사용할 수 있다. 그런 면에서 대중소설은 그야말로 실제 문화 상품으로 개발될 수 있는 다양한 원재료가 되고 있다.

〈무한도전〉의 캐릭터와 이야기 구성

　　인기 드라마의 경우, 한 작품이 잘 되면 다른 작품들이 그
것을 따라하는 경우가 많다. 이러한 면이 비단 드라마나 영화
에 국한된 것은 아니다. 음악도, 오락프로그램도 마찬가지이
다. 예를 들어 〈무한도전〉이 리얼 버라이어티라는 새로운 장
르를 열면서, 다른 오락프로그램도 다 같은 방식을 표방하게
되었다. 여행을 가기도 하고, 도전 미션을 주고 수행하기도 하
면서 멤버들만의 성향을 보여주며 웃음을 유발했다. 이 가운
데 등장한 것이 '콘셉트'이다. 리얼 버라이어티 안에도 캐릭터
가 존재하고 그 캐릭터에 맞추어 연기를 하게 된다. 그러한 재
료는 현실에 바탕을 둔다고는 해도, 역시 이 역시 개발하고 발
전된 형태의 스토리텔링이라 할 수 있다. 예를 들어 2인자 캐
릭터로서의 박명수나, 사기꾼 캐릭터로서의 노홍철, 초딩스럽
다는 용어를 만들어 낸 은지원이나 완벽해 보이는 외모와는
달리 인간적인 허술한 면을 많이 보여 '허당'이라는 호가 붙은
이승기 등, 이러한 캐릭터 역시 스토리텔링이 개입된 부분이
라 할 수 있다. 또 실제 〈무한도전〉의 경우 게임에도 스토리
를 부여하기도 했다.

　　〈무한도전〉의 〈여드름 브레이크 특집〉 등은 실제로 스토
리가 존재하고 이에 맞추어 각 멤버들은 캐릭터를 부여 받아
연기인지 실제인지 알 수 없는 장면들을 연출해 내었다. 〈여

드름 브레이크>의 경우, 2명은 형사로 두고, 나머지 멤버들이 돈을 가지고 도망가는 상황을 연출했다. 어느 정도의 스토리라인을 주고, 여기에 역할을 맡겨서 실제로 어떤 식으로 전개되어갈지 알 수 없는 상황으로 프로그램을 이끌어 갔다. 즉 이것은 리얼 버라이어티 쇼에 내러티브(서사), 다시 말해 스토리텔링적인 요소가 들어갔다는 것이다. 돈을 갖고 도망가는 인물들과 그들을 좇는 인물들, 거기에 배신과 반전을 통해서 예상 밖의 인물이 결국 돈을 갖게 되는 등, 추리요소적인 부분들을 예능 프로그램에 가미한 것이다.

2011년 9월에 방송된 <무한도전>의 <스피드 특집>에서는 예능 프로그램이라고 믿기 어려울 정도로 영화 같은 스펙터클한 모습을 연출했다. 물론 이 때문에 방송통신위원회의 징계를 받기도 했지만, 그 의도나 여러 가지 시도라는 측면에서는 예능의 새로운 장을 열었다고도 볼 수 있다.

<스피드 특집>에서는 멤버들이 영문도 모른 채 1964년식 폭스바겐 미니버스를 타고 어딘가로 떠난다. 그런데 갑자기 걸려온 전화에서 버스에 폭탄이 실렸다는 것을 알게 된다. 그때까지만 해도 무한도전 멤버들은 편안한 마음으로 수다를 떨고 있었다. 그런데 다음 순간 엄청난 굉음과 함께 차량 3대가 차례대로 폭발하고 만다. 그때부터 멤버들은 혼비백산하게 된다. 사실 이렇게 놀란 건 시청자들도 마찬가지이다. 예능에서 갑자기 차량이 폭파된다는 것이 가능한지 놀라울 수밖에 없는

것이다. 그 순간, 이 리얼 버라이어티 프로그램은 갑자기 영화의 한 장면으로 순식간에 바뀌게 된다.

● 문화방송 〈무한도전 스피드 특집〉의 캡쳐 사진

이때부터 〈무한도전〉의 멤버들은 전화에서 지령한 대로 순순히 따르기 시작한다. 수수께끼 같은 지령은 일종의 암호처럼 주어졌고, 이것은 서서히 윤곽을 드러내기 시작했다.

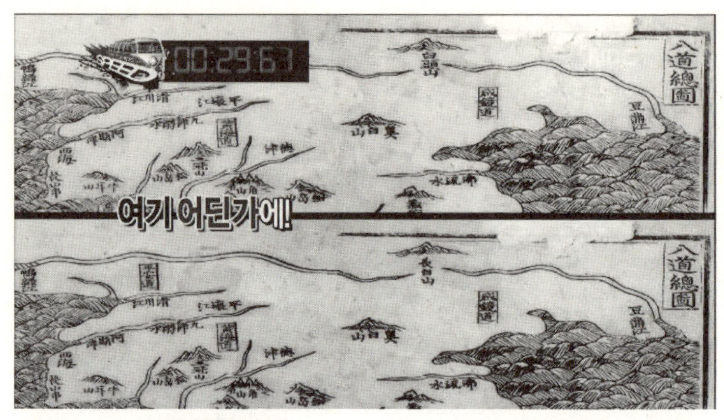

● 문화방송 〈무한도전 스피드 특집〉의 캡쳐 사진

틀린 그림 찾기를 하는 가운데 드러난 사실은 백두산이 장백
산으로, 동해를 일본해로, 독도를 죽도 즉 일본어 발음으로 다케
시마로 만들어 놓았다는 것이다. 즉 우리가 별 생각 없이 느긋하
게 있는 동안 우리의 역사가 다른 누군가에 의해 바뀌고 있다는
무서운 경고였다. 그것은 그 어떤 메시지보다도 강렬했다.

● 문화방송 〈무한도전 스피드 특집〉의 캡쳐 사진

결국 멤버들이 시간 안에 미션을 완수하지 못해서 터져버린 폭탄도 지금 세계 정세가 얼마나 급박하게 움직이는지 보여주기 위한 장치였다. 무한도전 멤버들도 도대체 자신들이 지금 무엇을 하고 있는 건지, 무엇 때문에 이런 일을 벌이는지 끝까지 알지 못한 채, 팀장인 유재석을 의심하기도 한다. 그것은 꽉 짜여진 스토리라인 속에 멤버들이 실제 상황으로 들어가면서 만들어 낸 긴장감과 스펙터클한 광경이었다. 이러한 모습은 <스피드 특집>이 <독도 특집>으로 시청자들에게 엄청난 반향을 일으키며 남게 되었다.

또한 다른 프로그램에서도 이러한 스토리 구성들이 많이 차용되고 있다. 2010년에 종영된 <패밀리가 떴다>의 경우나 2011년 서울방송에서 방송하고 있는 <런닝맨>의 경우도 참여 멤버들의 러브라인을 이용해서 흥미를 유발하는 경우다. 짝사랑하는 인물과 또 연결되는 인물 등 전형적인 삼각관계를 일반 예능 프로그램에서 이용하면서 대중들의 흥미를 끌어당기고 있는 것이다. 또한 <런닝맨>은 추격전과 심리전을 병행하면서 2012년 1월 현재 흥행가도를 달리고 있다.

대중소설의 추리적 요소, 반전의 요소, 삼각관계의 요소들이 스토리텔링적 구조를 통해 다른 문화요소들에 쓰이고 있다. 이는 문화콘텐츠의 다양화를 초래하며, 인물의 성격을 창조하거나, 서사성을 강조하여 이야기를 만들어내고 있는 것이다. 이는 이야기가 가진 흥미성을 다른 문화 전반에 사용하고 있는 것을 의미한다. 또한 이러한 이야기 가운데에서도 가장 두드러지게 사용되는 것은 바로 대중소설이라 할 수 있다.

이제 대중소설은 단순히 소설이라는 장르에 머물지 않고, 그 스토리라인을 대중문화 전역에 심어내고 있다. 여러 가지 패턴화된 방식은 독자들이 문화를 더욱 다양하게 향유할 수 있도록 흥미를 일으키고 있는 것이다.

뮤직비디오와 가요 구성 : 가인의 〈돌이킬 수 없는〉

　2010년 솔로 앨범을 가지고 나온 브라운아이드걸스의 멤버 가인은 뮤직비디오부터 큰 반향을 일으켰다. 10분 상당의 긴 뮤직비디오는 단편 영화에 해당할 만큼 스토리가 탄탄하다. 배우 이성재가 열연을 하면서 더욱 영화적인 요소를 이용하게 된다. 실제로 이 뮤직비디오의 구성은 영화만큼 탄탄해서 2010년 뮤직비디오 상을 받기도 했다.

　이 〈돌이킬 수 없는〉이라는 곡의 뮤직비디오 내용은 한 여자가 나이차이가 많이 나는 애인 남자로부터 버림을 받는 내용이다. 아무리 붙들어도 남자가 자신을 내치고 나가자, 결국 이 여자는 자살을 선택하여 2층에서 뛰어내린다. 그러나 그 순간 남자는 그 여자를 받아내고 자신이 대신 죽는다. 망연자실한 여자는 남자의 손에서 자신의 사진이 담긴 펜던트를 발견하고, 남자가 여전히 자신을 사랑하고 있다는 것을 깨닫게 된다. 결국 남자는 불확실하고 위험한 직업을 가지고 있었기 때문에 여자를 위해 헤어지려 했던 것이다. 그러나 여자는 그것을 모르고 남자와 헤어질 바에는 죽는 게 낫다고 생각한 것이다. 여자는 남자의 죽은 시신을 차에 태우고 어딘가로 떠나는

● 가인 〈돌이킬 수 없는〉 뮤직비디오 중

것으로 이 뮤직비디오는 끝이 난다. 혹자는 여자 역시 자살하는 것으로 끝이 난다고 해석하기도 한다.

이러한 뮤직비디오의 내용은 노래를 부르는 가수의 콘셉트에도 큰 영향을 미친다. 또 그 노래를 듣는 대중들 역시 이 뮤직비디오의 스토리를 기억하게 되고, 그 노래를 그 스토리에 비추어서 듣게 된다.

• 가인 〈돌이킬 수 없는〉 뮤직비디오 캡쳐 사진

• 가인 〈돌이킬 수 없는〉 서울 방송 음악 프로그램 무대 사진

이러한 콘셉트는 무대 위에 노래 부를 때도 마찬가지다. 뮤직비디오에서 보여주었던 이미지 그대로 가인은 무대에서 노래를 부른다. 이 뮤직비디오에서 입은 옷 그대로 나오며, 일종의 뮤지컬 같은 분위기를 낸다. 남자에게 버린 받은 여자의 처

참한 분위기를 보여주기 위해 맨발로 무대에서 노래하며, 또 남자에게 버림받아 울고 있는 여자의 모습으로 화장하기도 한다. 즉 뮤직비디오에서 남자에게 버림받아 울며 붙드는 장면에서, 여자는 마스카라가 번져서 눈 밑에까지 검게 퍼진다. 가수 가인은 무대에서도 같은 화장법으로 눈 아래에 마스카라가 번진 채로 등장하고 있다.

예전에 가수는 그저 감정을 실어 노래를 부르는 것이 전부였다. 그런데 지금은 완전히 새로운 콘셉트로 바뀌었다. 스토리텔링적 요소가 가요 안에도 들어와서, 뮤직비디오에서 보여준 내러티브(서사)를, 노래 부르는 무대에서도 똑같이 연출한다. 그것을 보는 시청자들은 뮤직비디오의 상황을 연상하며, 그 가수의 무대를 보게 되는 것이다.

이제 음악도, 가수도, 노래도 이러한 스토리텔링적 내러티브 속에 노출되어 있고, 이러한 스토리적 요소를 사용하고 있다. 결국 이러한 멜로드라마적 요소는 노래의 감수성까지 자극하면서 독자들의 흥미를 끌고 있는 것이다.

Ⅳ. 대중문학과 독자의 역학관계

1. 작가와 독자의 경계 허물기
―인터넷의 발달

작가의 특권

작가라는 직업은 특정한 재능을 가지거나 공신력 있는 제도를 통과한 사람만이 누리게 되는 특권이었다. 그러나 작가라는 것이 처음부터 그러했던 것은 아니다. 조선 후기까지 거슬러 올라가 보면, 어떤 특정한 특권을 가진 사람이라기보다는 일종의 상업적인 방편으로 음담패설의 이야기를 지어 부녀자들을 대상으로 읽게 했던 것으로 되어 있다. 근대계몽기 이후, 근대매체인 신문이 생기면서는 실제 작가라기보다는 기자라는 신분으로 신문에 소설을 연재하기 시작했다. 사실 이 소설들 중 상당 부분은 중국이나 일본의 소설을 번역·번안한 경우가 많았다.

그렇게 번역하고 번안하던 기자들이 그 소설들을 흉내 내거나, 아니면 독자들의 반응에 맞추어 글을 지으면서 점차 신문 소설들은 창작물로 바뀌기 시작했다. 그렇다면 도대체 언제부터 작가가 된다는 특권이 생긴 것일까. 사실 그것은 1920년대의 등단 제도로부터 생겼다는 것이 정설이다.

그전까지는 작가라는 직업이 그렇게 구분되는 것은 아니었다. 이야기꾼 등이 이야기를 읽어주다가 자신의 말을 덧붙여 가며 이야기를 지어내기도 했고, 『대한매일신보』 등의 문예면인 『편편기담』 등에 내용을 싣기도 했다. 대부분이 떠돌아다니는 이야기거나, 아니면 자신이 그러한 내용을 바꾸어서, 혹은 조금씩 창작해서 올리던 글이었다. 그런데 이렇게 우후죽순 글을 쓰고 싶어 하는 사람들이 늘어나자, 고등 교육을 받은 지식인들은 좀 더 명확한 기준을 세우고 싶어 했다.

지식인들은 그들이 직접 잡지를 편찬하고, 그 안에서 등단 제도를 만들기 시작했다. 그러한 등단 제도가 명확해 지는 때가 바로 1920년대이다. 일본에서 유학하거나 고등 교육을 받은 지식인들이 친한 동학들끼리 사비를 털어 잡지를 만들고, 이들의 추천을 받거나 등단 제도를 통해 순위권으로 통과한 인물에게 '작가'라는 특권을 부여하기 시작한 것이다. 즉, 출판이라는 상업적 제도를 통해 소설이라는 것이 발매가 되었을 때는, 작가라는 직업은 특별한 존재로 인식되었던 것이다. 그리고 그만큼 선망의 대상이 되었다.

따라서 1920년대 생긴 일종의 등단 제도는 그 이후 작가라는 새로운 직업을 선사했고, 또 특별한 작가적 권위를 주었다. 물론 어느 정도 수준이 되는 작품을 생산하고, 또 그런 인물들을 작가라는 명목으로 밀어 주겠다는 것은 문학사를 이루는 질적 차원에서는 고무적인 일이라 할 수 있다. 그러나 그만큼 일반 대중들의 쓰기 욕망은 좌절되었고, 작가는 점점 연예인처럼 동경만 하는 먼 존재가 되어가기 시작했다. 어떤 면에서는 문단과 작가들 스스로가 자신들을 그렇게 만들었을 확률도 높다. 또한 현재 역시 작가로 등단하는 것은 굉장히 어려운 일이며, 그 때문에 작가가 특권화 되고 있는 것도 사실이다. 그것 때문에 여러 가지 문제가 양산되고 있기도 하다.

인터넷이라는 새로운 세계와 인터넷 소설

"몇 년 만에 처음으로 질문하는 사람이 등장했습니다!"
처음 국내 포털 사이트가 등장했을 때, 텔레비전에서는 이러한 문구로 광고를 했다. 네이버 검색 사이트를 홍보하는 광고였는데, 주제는 질문하는 사람이 나타나서 너무나 신기하다는 내용이었다. 즉 수업 시간에 질문하는 행위 자체가 사라진 가까운 미래의 한 일상을 보여준 것이다.
처음 이 광고가 나왔을 때, 사람들은 코웃음을 쳤다. 교사가 있고 학생이 있다면, 당연히 학생은 교사에게 질문을 해야 하고, 교사는 학생에게 대답을 해 주는 것이 상식이었다. 그런데 이 광고는 이제 더 이상 오프라인에서 질문은 없을 것이라 단언했다. 그런데 불과 얼마 지나지 않아, '네이버에 물어 봐.'라는 발언이 심심찮게 나오고 있다.

이제 모든 정보는 인터넷을 통해서 공유되고, 전 세계의 사람들은 아주 쉽게 서로 소통할 수 있게 되었다. 거리의 제약도, 언어의 제약도 인터넷의 세상에서는 아무 문제가 되지 않았다. 지금은 트위터로 대표되는 소셜 네트워크를 통해 더 쉽게, 더 빨리 전 세계가 이어지고 있다. 인터넷이 발달하면서 현대인의 삶은 엄청난 변화를 겪게 된 것이다.

인터넷 세상은 읽는 사람과 쓰는 사람의 경계를 허물어뜨렸다. 이것은 모든 분야에 적용된다. 이제는 그 누구나 '쓰는 사람'이 된 것이다. 심지어 네티즌 수사대는 기자들도 찾지 못하는 것들을 '매의 눈'으로 찾아내고는 한다. 또 자신들의 의견을 수시로 반영하여 자신이 원하는 방향대로 상황을 이끌어가기도 한다.

예를 들어, 지금 공중파 방송에서 1등을 하는 가수들은 사실상 대중들의 힘으로 만들어지고 있다. 대중들은 스스로 움직여서 팬덤을 형성하고, 다양하고 체계적인 방법으로 자기가 지지하는 연예인들을 1등의 자리에 올려놓고 있다. 얼마 전 대국민적 이슈가 되었던 슈퍼스타K 시즌제 방송은 그 한 예가 될 수 있을 것이다. 대중들의 힘은 매우 커졌고, 승패의 당락에 큰 역할을 하고 있다.

대중문학은 이제 새로운 시국에 접어들었다. 근대문학이 인쇄매체의 발달과 함께 그 생명력을 이어왔던 것처럼, 지금 이 시대에는 '인터넷'을 통해 또 한 번의 전환점을 가지게 되었다.

'읽는 자'와 '쓰는 자'의 경계 허물기

작가의 특권, 이것은 바로 작가와 독자의 거리를 의미한다. 예전의 작가는 독자의 손에 닿지 않는 저편에 있는 존재였고, 독자는 이 작가의 작품을 읽고 즐기며 또 선망한다. 또한 다음 작품이 더 빨리 연재되기를, 혹은 더 빨리 출판되기를 바라며 기다리고 있었다. 그러나 인터넷은 이러한 작가와 독자의 거리를 순식간에 좁혀 버렸다.

지금 독자들은 그저 기다리는 수동적인 존재가 아니다. 과거의 독자들이 소극적인 독자들이었다면, 지금 독자들은 그에 반해 움직이고 행동하는 적극적인 독자들이라 할 수 있다. 적극적인 독자층은 대중문학의 내용을 그대로 받아들이는 데에서 그치지 않는다. 그와 비슷한 사건을 제보하는 독자들, 그리고 그것에 영향을 받아 판단하는 독자들, 거기에 더 나아가 적극적인 쓰기 즉 고쳐쓰기나 다시 쓰기, 창작하여 쓰기를 해내는 독자들로 나아갔다. 이들 독자들은 독자들끼리 서로 소통하기도 하고, 서로의 의견을 주고받거나 자신들의 의견을 적극적으로 표명하기도 한다. 또한 그러한 문학 창작 자체에 참여하여 자신들의 글을 싣고 싶어 하기도 한다.

변호	제목	글쓴이	추천	조회	날짜
글쓰기			최신목록	윗목록	아랫목록
공지	텔존 개편후 프로그램 게시판 변경에 관한 안내 말씀 드립니다. 자세히 보기				
872	[걸오♡다운] 당신이 나를 바라보지 않더라도 ,001 [7]		15	991	2010-11-01
871	여우별님께…… [4]		0	303	2010-11-01
870	(현대팬픽)戀人(연인) 12부 [44]		39	1841	2010-11-01
873	↳Re 연인 13부 예고 [22]		3	1020	2010-11-01
869	반궁의 미친말 걸오의 신혼일기 17 [28]		39	2522	2010-11-01
868	혼인23 [39]		43	1729	2010-11-01
867	[걸윤커플] 아름다운 그들 8 [12]		14	815	2010-11-01
866	[걸.윤] 복숭아나무 꽃 필 무렵 - 37. 나훌나훌 흔들리는 마음 [26]		27	1291	2010-11-01
865	[걸.윤] 각인 21장 [22]		25	1027	2010-11-01
864	[재신♡윤희]그와 그녀의 스캔들. 07화 [8]		8	641	2010-11-01
863	(걸 윤) 그들만의 이야기3 [9]		15	682	2010-11-01
862	[걸.윤]운명의 남자 39화 달빛아래 세남자 [51]		39	2079	2010-11-01
861	[재신/다운] 벚꽃-1 [8]		11	721	2010-11-01
860	[재신♡윤희]그와 그녀의 스캔들. 06화 [10]		11	584	2010-11-01
859	[재신&다운] 그대네요[5] [7]		10	806	2010-11-01
858	[걸오/윤희/단편] 다시만난 날, 그 이후- [21]		28	1237	2010-11-01
857	[재신X다운] 愛...8 [22]		28	1557	2010-10-31
856	<걸.윤>Fashionese(((2편 [4]		3	361	2010-10-31
855	걸오의 슬픈사랑(4구체) - 성게보신분들 패스 [14]		7	615	2010-10-31
854	[문재신X반다운] 무제 시즌2 19화 [19]		24	1513	2010-10-31

● 다음 텔레비존 〈성균관 스캔들〉 소설게시판 캡쳐

　　인터넷은 이러한 독자들의 욕구를 그대로 발산하는 장이 되었다. 독자들은 드라마나 책의 내용을 공유하고, 또 작가들에게 자신들이 원하는 방향으로 이어가 줄 것을 요구하기도 한다. 혹은 그 다음 회를 유추하여 자신이 직접 창작하여 게시판에 글을 올려 보기도 한다. 이러한 작업은 다른 독자들의 호응을 얻기 시작하면 '창작'의 대열에 들어가기도 한다.

1. 공감하기-이야기 나누기
2. 모방하기-따라하기, 흉내내기
3. 패러디하기-비슷하지만 조금 변형해보기
4. 창조하기-원작에서 벗어나 새롭게 쓰기

    사실 창조하기를 행하고 있다고는 하지만, 모방과 창조의 경계에 서 있다고 할 수도 있다. 자신이 원하는 방향으로 새롭게 꾸미다보니, 드라마의 내용과는 정반대로 흘러가기도 한다. 심지어 그 드라마를 보는 대신에, 그 드라마의 팬픽을 보기도 한다. 그 예가 바로 바로 얼마 전에 종영한 <성균관 스캔들>이라는 드라마이다.

    실제 <성균관 스캔들>이라는 드라마에서는 이선준이라는 인물과 김윤희라는 인물이 서로 맺어진 것에 반해, 팬픽에서는 문재신이라는 인물과 김윤희라는 인물이 서로 사랑하게 되는 내용을 담는 경우가 많았다. 이러한 상황은 대중들이(독자들이) 작가에게 자신의 바람을 요청하다가, 스스로 자신이 원하는 방향으로 창작하기에 이른 것을 의미한다. 또한 이러한 팬픽은 또 다른 독자들을 낳고, 이 독자들의 공감을 얻어내고 있다. 심지어 이 팬픽의 팬이 생기기도 하고, 더 나아가 이 팬픽의 팬픽까지 생기는 경우도 있다.

2. 팬픽과 표절 그 애매한 경계

인터넷 게시판에서 글쓰기 : 팬픽

팬픽은 사실 아이돌 스타에 대해서 팬들이 이야기를 엮어가다가 나오기 시작한 장르이다. 보통 팬픽의 최초를 1990년대 아이돌 그룹 H.O.T부터로 잡고 있으며, 이때 팬들 사이에 유명했던 팬픽들은 팬들끼리 출판을 하기도 하고 제본하여 소유하고 있기도 했다. 이러한 팬픽은 인터넷이 발달하면서 다양한 형태로 퍼져가기 시작했다.

예전에는 로맨스 쓰기 카페를 통해 일반 대중들이 로맨스 소설을 쓰기도 했다. 그런데 이런 카페들은 자체 내부의 제도를 통해 우수한 소설들을 뽑고 출판사와 연계하여 출판하기도 했다. 그러니 그만큼 자체 내부의 규율이 엄격해서 누구나 쓸 수 있는 상황은 아니었다.

그런데 이보다 훨씬 쉬운 공간이 바로 드라마 팬픽 쓰기였다. 이러한 팬픽 쓰기는 다음 텔레비존(http://telzone.daum.net), 마이클럽(http://micon.miclub.com), 디시인사이드 드라마 갤러리(http://gall.dcinside.com) 등에서 많이 이루어졌다. 이들 인터넷 사이트는 누구나 쉽게 글을 올릴 수 있다는 장점이 있다. 또 드라마 상영 중 인기가 많은 드라마의 경우는 독자들도 많기 때문에 정보 등을 알기 위해서도 이러한 드라마 관계 사이트에 많은 대중들이 살펴보게 된다.

이러한 팬픽은 사실 드라마 자체를 즐기기 위해서 쓰는 경우가 많다. 다음 회가 궁금해서 자신이 예상하는 내용을 올리기도 하고, 또 러브라인이 마음에 안 들어서 자신이 원하는 러브라인으로 다시 써보기도 한다. 또 이렇게 쓴 글에 네티즌들이 댓글을 많이 달게 되면, 점점 글도 길어지고, 연재 횟수도 늘어나게 된다. 또한 이러한 팬픽의 팬까지 생기면서, 팬픽 자체를 1년 이상 연재하기도 하고, 여러 종류의 소설을 연재하기도 한다. 이러한 현상 때문에 작가가 되고 싶은 대중들은 이러한 게시판들을 이용하게 된다.

그런데 팬픽은 태생부터 '모방'에서 출발한다. 등장인물도, 전체 이야기 구성도 모두 드라마에서 시작한다. 그것은 이미 드라마를 모방하면서 약간의 비틀기나 패러디 수준이다. 완전히 새로운 내용을 넣는다고 하더라도 출발은 그 드라마이기 때문에 이러한 팬픽은 완전한 창작물이라고 보기는 어렵다.

표절 문제

　이러한 팬픽이 인터넷 게시판들에 올려지면서 여러 가지 문제점들이 발생하고 있다. 드라마 팬픽의 경우는 이미 드라마 팬픽이라는 점에서 기본적인 구성과 인물이 같다는 것은 인정하고 가는 부분이다. 그러나 이 드라마 팬픽 사이에서도 표절이 일어나면서 팬픽 작가들 사이에서도 공방전이 일어나는 일이 다반사이다. 쉽게 볼 수 있고, 쉽게 저장하거나 마우스로 드래그해서 붙여올 수 있는 인터넷의 장점은 표절 문제도 쉽게 일으킨다. 누구나 볼 수 있는 공개된 장소에, 퍼트리기 좋은 인터넷 환경은 일반 네티즌들의 윤리적인 측면을 마비시키고 있는 것이다.

　그러나 이 팬픽은 팬픽끼리 표절이라고 말하는 부분들도 그 경계가 모호하다. 왜냐하면 원저작자라 주작하는 팬픽 작가도 사실 그 내용의 구성이나 인물은 모두 기존 드라마에서 가져온 것이기 때문이다. 그러다보니 더욱더 서로의 내용들을 베끼게 되고, 댓글이나 추천을 많이 받은 인기있는 글들의 아이템을 따라하는 경우도 매우 많다. 이러한 팬픽을 쓰는 연령대 역시 10대에서부터 시작하다보니 이러한 윤리적인 면이 약하다.

　그런데 이러한 팬픽 표절 문제가 자신의 책을 출판한 작가에게서도 발견되고 있다. 2007년 엄청난 인기를 끌었던 드라마 <경성스캔들>과 <커피프린스>의 원작자 이선미는 표절

시비에 걸려서 결국 사과문까지 내기도 했다. 그 당시 작가 이
선미는 드라마 극본에도 참여하면서 점점 인지도를 넓혀가고
있던 중이었다.

　　이강구는 혼자 술을 들이키고 있었다. 명빈관의 으슥한
방 하나를 차지한 그는 작은 술상을 앞에 두고 홀로 취하
고 있었다. 이강구, 그는 아홉 살에 주재소의 소사 노릇을
시작했다. 그의 아버지는 반 농사꾼에 반 노동자였다. 그
래서, 집안 형편은 소작인보다 더 쪼들렸다. 그 대신 그의
아버지는 땅밖에 모르는 농사꾼에 비해 세상 보는 눈치가
빨랐다. 그래서 그는 어려서부터 아버지의 뜻에 따라 소
사 노릇을 시작해야 했다.
　　그를 하루빨리 일본 사람으로 만들고자 하는 아버지의
욕구는 거의 광적이었다. 일본말, 일본글을 제대로 익힐
때까지 그는 거의 매일이다시피 회초리를 맞아야 했다.
그러나 아버지의 욕구는 결코 헛되지 않았다. 그는 갈수
록 일본 경찰들의 사랑과 신임을 받았고, 독학으로 계속
검정고시를 치러 학력을 쌓아갔다. 그렇게 해서 결국 아
버지가 원하는 일본 경찰 제복을 입을 수 있게 된 것이다.
하지만 그날, 그는 전혀 기쁨을 느끼지 못했다. 아버지는
하나 있는 누이를 늙은 일본 장사꾼에게 팔아넘기다시피
시집을 보냈고, 그 일로 화병을 앓던 어머니가 꼬박 반년
을 누워 있다가 세상을 떠난 날이었기 때문이다.

이선미, 『경성애사』[36]

남인태의 고향은 담양 옆에 있는 장성이었다. 그는 아홉 살 때부터 주재소의 소사 노릇을 시작했다, 그의 아버지는 반 농사꾼에 반노동자였다. 그래서 집안 형편은 소작인보다 더 쪼들렸다. 그 대신 그의 아버지는 땅밖에 모르는 농사꾼에 비해 세상 보는 눈치는 빨랐다. 읍내 중심가에서 품을 팔며 귀동냥 눈동냥 한 것들이 밑천이었다. "주벅 든 년이 한 술 더 뜨고, 정재 파고드는 쥐가 더 기름기 도는 법잉께, 앞으로 시상에 그래도 배 안 곯고 살자면 일본사람헌테 붙어야써. 시상이 일본시상인디 뒷전에서 일본눔, 일본눔 욕험시로 딱 맞닥뜨리면 꼼지락도 못 허는 고런 인종덜언 ×× 중에 상××이여." 그의 아버지의 지론이었고, 그는 보수 없는 소사 노릇을 해야 했다.

그를 하루빨리 일본사람으로 만들고자 하는 아버지의 욕구는 거의 광적이었다. 일본말·일본글을 제대로 익힐 때까지 그는 거의 매일이다시피 회초리질을 당해야 했다. 그러나 그의 아버지의 그런 광적인 욕구는 결코 헛되지 않았다. 그는 갈수록 일본 순사들의 사랑과 신임을 받았고, 독학으로 계속 검정고시를 치러 학력을 쌓아갔다. 그는 결국 아버지가 열망한 대로 일본 순사제복을 입을 수 있게 되었다.

조정래의 『태백산맥』[37]

---

[36] 이선미, 『경성애사』, 여우비, 2007년 개정판(2001년 초판), 126~127쪽.

[37] 조정래, 『태백산맥』 2권, 해냄출판사, 2002년 개정판(1986년 초판), 159~160쪽.

　이선미의 『경성애사』와 조정래의 『태백산맥』을 비교해 보면, 한 인물을 묘사하는 부분이 매우 비슷하다. 이선미는 『태백산맥』에서 남인태를 묘사하는 부분을 그대로 가져와서 『경성애사』의 이강구라는 인물을 만들어내었다. 즉 기존의 소설에서 아이디어를 가져와서 인물을 구성해 낸 것이다. 그러나 내용 구성상으로 볼 때는 전혀 다른 내용이다.

　이선미는 자신의 소설 2가지가 한꺼번에 드라마 방영을 하면서 갑작스럽게 유명세를 타기 시작했다. 그러면서 드라마 <경성스캔들>의 인기에 맞물려 소설 『경성애사』도 다시 출판하게 되었다. 이러한 가운데 많은 대중들이 『경성애사』를 사 보게 되었고, 그 가운데 『태백산맥』을 읽은 독자가 『경성애사』에서 그 부분을 발견해 낸 것이다.

　이 부분은 여러 가지 시사점이 있다. 『경성애사』가 처음 구성된 것은 2000년이었고, 이를 책으로 출판한 것이 2001년이었다. 국내 로맨스 소설들의 대부분은 모두 번역된 것이었다가, 2000년 이후부터 국내 작가들이 쓴 로맨스 소설들이 출판되기 시작했다. 『경성애사』도 그 중 하나로 초창기 국내 로맨스 소설 필독 도서로 불리기도 했다. 출판부터 드라마 방영까지 7년의 시간이 있었지만, 그 사이는 그 누구도 이 부분에 대해 언급하지 않았다. 혹은 몰랐을 수도 있다. 그것은 『경성애사』를 읽는 독자와 『태백산맥』을 읽는 독자가 분리되어 있었다는 것을 의미하기도 한다.

그런데 2007년 드라마로 방영되면서부터는 상황이 바뀐다. 드라마 이전 『경성애사』는 그저 인터넷에서 구할 수 있는 로맨스 소설에 불과했지만, 드라마 방영 이후에는 독자층 자체가 갑작스럽게 넓어지게 된다. 따라서 드라마 <경성스캔들>을 보고 흥미를 느낀 『태백산맥』을 읽던 독자가 『경성애사』의 독자로 겹쳐지게 되는 것이다.

실제로 이 부분을 발견한 독자는 네티즌으로 디시인사이드 관련 사이트를 자주 사용했던 것으로 보인다. 이 독자는 드라마 때문에 원작이 궁금해져서 『경성애사』를 사보게 되었고, 읽다보니 예전부터 자신이 읽었던 『태백산맥』과 유사한 부분이 있는 것 같아 찾아보게 되었다고 했다. 처음에는 인용이 아닐까 생각했으나, 실제로 비교해 보니 문장까지 똑같이 베껴 쓴 상황이었다고 하며 인터넷에 게시물을 올렸다. 결국 그것은 드라마의 인기와 더불어 엄청난 속도로 인터넷에 퍼져갔고, 작가 이선미는 비난이 거세지자 사과문을 올리게 되었다.

안녕하세요, 이선미입니다.
먼저 불미스러운 일로 물의를 일으켜 죄송한 맘 가눌 길이 없습니다.
본의 아니게 누를 끼친 조정래 선생님을 비롯해 독자 여러분, 출판 관계자 여러분께 진심으로 사과드립니다.
<경성애사>는 7년 전에 쓴 글입니다. 돌이켜 보면 작가가 뭔지, 글을 쓴다는 게 뭔지도 몰랐던 것 같습니다.
지금도 제대로 안다고 할 수 없지만 그 땐 더욱 무지했습니다.
갓 로맨스소설을 쓰고 처음으로 인터넷 연재의 재미에 빠졌고
소설을 쓴다는 것만으로도 좋아서 흥분해 제정신이 아니었습니다.

시대물을 쓰고 싶다는 열망으로 자료조사를 했습니다.

수십 편의 소설과 인문서 등 자료를 찾아 닥치는 대로 읽었던 걸로 기억합니다.

그 과정에서 참고하리라 생각하고 기록해둔 것들과

아이디어가 떠오를 때 정리해뒀던 것들이랑 분간을 못하고 마치 제 것인 냥 착각을 했던 것 같습니다.

의도를 했건 안 했건 결과적으로 도용을 한 점에 대해서는 변명의 여지가 없다고 생각합니다.

어떤 형태로든 책임을 지고 벌을 받겠습니다. 현재 이와 관련해서 출판사와 상의를 하고 있습니다.

로맨스소설을 사랑하시는 많은 분들께는 정말이지 죄송하단 말씀밖에 드릴 말이 없습니다. 머리 숙여 깊이 사과드립니다. 깊이 반성하고 각성하겠습니다. 죄송합니다.

• 『경성애사』의 작가 이선미가 올린 사과문[38]

이선미의 사과문을 보면, 이선미가 글쓰기를 어떤 방식으로 연습했는지 알 수 있다. 즉 소설을 쓰기 위해 많은 선배 작가들의 책을 읽고 메모해 두거나 혹은 그 소설의 글을 따라 베껴 썼던 것이다. 사실 이 방법은 새로운 것이 아니다. 불과 얼마 전까지도 자신이 존경하는 작가의 소설을 몇 번이나 베껴 쓰면서 글쓰기를 연마했다는 등단 작가들이 굉장히 많이 있었다. 이선미 역시 이 방법을 사용하고 있었을 것이다. 또 지금 시대는 인터넷이 발달해서 훨씬 더 쉽게 긁어 붙이거나, 다른 이들의 글로 패러디하거나 연습하기에 좋다. 또 드라마 팬픽은 아예 공개적으로 모방임을 선포하고 시작한다.

이러한 일련의 사건은, 작가와 독자의 경계가 모호해지고,

---

[38] 이 사과문은 작가 이선미가 2007년 12월 26일 〈한국로맨스소설작가협회〉(http://lovepen.net/) 자유게시판에 올린 글의 전문이다.

인터넷에 쉽게 글을 올릴 수 있게 되면서 발생한 일들이다. 인터넷 글쓰기의 습관 자체는 모방에서 온 것이고, 그렇게 여러 가지를 모방하는 가운데 패러디에 가까운 창작물이 나오기 시작하는 것이다.

물론 기존 작가의 책을 그대로 베껴 쓴 것은 당연히 큰 잘못이다. 그러나 문제는 이 사건을 일반 소설들과 같은 선상에서 보고 있다는 점이다. 작가적 양심을 운운하기에 앞서 이러한 인터넷 글들의 정체성을 먼저 살펴야 한다. 모방과 패러디에서 시작한 이 글들에 기존 작가들과 같은 잣대를 들이대기에는 가혹한 면들이 많다.

『경성애사』 표절 사건은 사실 반드시 터질 수밖에 없는 일이었다. 이러한 표절 사건은 인터넷 글쓰기의 근본 자체가 모방이었기에 반드시 나올 수밖에 없었던 일이다. 이러한 일이 일어나서는 안 되지만, 비난하기에 앞서 인터넷 글쓰기 상황에 대한 이해가 먼저 선행되어야 한다. 그리고 이 인터넷 글쓰기 상황에 대한 윤리적 잣대가 필요한 실정이다. 드라마 팬픽 자체가 모방이지만, 또 그 팬픽을 다시 표절하는 일들에 대한 경계 역시 필요하다.

인터넷 글쓰기 표절 문제는 이러한 상황에 대해 비판하기에 앞서서 인터넷 글쓰기의 태생에 대한 이해를 먼저 선행할 필요가 있다. 또한 이런 일련의 사태는 모방하고 표절해도 상관없었던 7년이, 드라마를 통해 인기를 얻으면서 순식간에 독자층을 넓혀간 상황 때문에 드러난 것이기도 하다. 또한 이러한 표절 문제 역시 인터넷 네티즌들을 통해 밝혀내게 되기도 했다. 재미있는 것은 인터넷이라는 장이 쉽게 표절하게도 하지만, 또 그러한 일들이 쉽게 밝혀지기도 한다는 점이다. 이것이 인터넷 시대의 글쓰기가 가지고 되는 양면성이기도 하다. 중요한 것은 이러한 일련의 사태를 통해 인터넷 글쓰기의 문제점을 지적하고 비판하는 것이 아니라, 이러한 글쓰기의 상황을 이해하고 그러한 표절 문제를 해결할 방법을 찾는 것이 선행되어야 한다. 즉 이것은 소위 고급 소설과 인터넷 소설의 가치 판단의 문제가 아니라 방법상의 문제라는 것이다.

'쓰기의 혁명' : 모방과 창조의 양면성

인터넷 글쓰기는 모방과 창작의 경계에서 독특한 글쓰기 방식을 만들어내고 있다. 팬픽 등은 모방에서 시작하고 있지만, 여기에 더 나아가서는 자신의 주제와 창작물로 인터넷 게시판에 연재하기도 한다. 인터넷 글쓰기는 게시판을 누구나 공유할 수 있다. 이러한 특징 때문에 소위 릴레이 소설이라는 형태도 나오고 있다. 즉 하나의 소설을 여러 명이 함께 써 나가는 것이다. 서로 돌아가면서 글을 올리게 되는데, 특별히 내용을 정해 놓고 쓰기보다는 한 사람이 쓰고 나서 그 다음을 다른 사람이 써 나감으로서, 쓰고 있는 사람들도 향후 내용을 알 수 없는 특이한 소설이 만들어지기도 한다.

　이러한 인터넷 글쓰기는 쉽게 비슷해지거나 표절할 수 있다는 문제점도 있지만, 멀티미디어 소스를 사용할 수 있다는 장점도 있다. 이 인터넷 게시판에서 글을 쓰게 되면서, '쓰기' 자체의 혁명이 일어났다. 예전에는 그저 책에 글을 써서 내는 것이 전부였다면, 이제 글쓰는 사람이 인터넷 멀티미디어 소스를 이용해서 스스로 드라마나 영화처럼 만들 수도 있다. 자신이 그런 능력이 없더라도 자신의 글을 읽는 팬들 중에는 자신의 작가를 위해서 이런 일들을 마다하지 않고 해주는 경우도 다반사이다.

　따라서 인터넷 글쓰기에는 배경음악을 삽입하기도 하고, 사진을 넣기도 하며, 동영상과 함께 글을 보여주기도 한다. 어떤 경우는 영화 예고편처럼 예고편 동영상을 만들어 유포하기도 한다. 이는 작가 스스로 하기도 하지만, 이런 멀티미디어에 능한 팬들이 작가를 위해 스스로 바치기도 한다.

　이러한 '쓰기'의 혁명은 단순히 책으로 읽는 것과는 다른 재미를 준다. 움직이는 동영상을 볼 수도 있고, 자신이 상상한 인물과 비슷한 연예인의 사진이나 드라마의 한 장면을 보면서 이해를 도울 수도 있다. 또 배경음악을 통해 글에 대한 흡입력이나 주의력을 높일 수도 있다. 한 편의 글을 읽는 것이 아니라, 한 편의 드라마를 보는 듯한 느낌을 준다.

이러한 쓰기의 혁명은 비단 인터넷 작가들에 한해서 나타난 것은 아니다. 기존 작가들 중에도 이런 인터넷 글쓰기의 장에 뛰어든 경우도 많다. 공지영과 박민규가 바로 그러한 작가들이다.

공지영은 『도가니』를 2008년 11월 26일부터 2009년 5월 7일까지 인터넷 <미디어 다음 문학속세상>에서 연재했다. 이후 2009년 창작과비평에서 출간하고, 그 이후 2011년에는 영화화되기에 이르렀다. 예전 같으면 소설 연재의 장은 신문에 국한되어 있었다. 그런데 지금은 인터넷이라는 어마어마하게 크고 넓은 장이 있는 것이다. 공지영은 이러한 인터넷 게시판에서 자신의 작품을 연재하고, 또 이를 출판하기에 이르렀다. 또 인터넷에 연재하면서 이슈를 몰고 왔고, 또 많은 독자들이 바로바로 댓글을 달면서 반응을 보인다는 큰 장점이 있었다. 또한 인터넷에 게시하는 그 자체가 엄청난 홍보 효과도 있는 것이다. 결국 이는 영화화로 이어지고, 사회적으로 도가니 신드롬까지 일으키게 되었던 것이다.

박민규 역시 2008년 12월 1일부터 Yes24의 Yes 블로그에서 <죽은 왕녀를 위한 파반느>를 6개월간 연재했다. 또한 2009년에는 이를 위즈덤하우스에서 출판했다. 이 소설의 특이한 점은 출판된 책에 음악 CD가 같이 들어있다는 것이다. 이는 인터넷 글쓰기였기에 가능한 아이템이었다. 즉 인터넷에 연재하면서 그룹 <머쉬룸>이 이 소설을 위해 4곡을 만들었고, 출판

할 때도 이 곡을 함께 배포한 것이다.

2011년 상반기 <다음 미디어 문학속세상>에는 김종일, 조정래, 김진명, 하지환, 서경식, 조성기, 원태연, 이수광, 장정일 등의 기존 작가들이 연재를 진행하고 있다. 결국 기존 작가들도 멀티미디어 소스를 이용하는 측면이나, 독자들과 바로 대면할 수 있다는 점, 또 엄청난 홍보 효과를 가진다는 점에서 인터넷 글쓰기에 동참하고 있음을 말해준다. 그만큼 '쓰기'의 방법이 다양해지고, 장르가 서로 넘나들면서 경계가 사라지고 있는 것이다.

V. 대중문학의 양면성

1. 비슷한 음식
―식상함과 막장 사이

　이제까지 살펴본 대로, 대중문학의 내용은 비슷비슷하다. 또한 비슷한 내용과 비슷한 인물들이 시대를 막론하고 계속해서 등장한다. 그 시대의 상황에 맞추어 옷이나, 성격이나, 직업이 조금씩 바뀔 뿐, 사실상 그 내용 구성 자체로 볼 때는 매우 비슷하다.

　1900년대 처음 신문연재소설『혈의누』의 시작으로부터 1910년대의『장한몽』과 무정, 1930년대 일대 파란을 일으킨『찔레꽃』과『순애보』, 1950년대 그야말로 사회적 사건까지 일으킨『자유부인』, 그리고 현재 인터넷 소설과 <성균관 스캔들>, <시크릿 가든> 등의 드라마의 경향까지 살펴보면, 선정적이고 자극적인 요소들은 여전히 한결같다. 또한 부유한 남성의 사랑을 받게 되는 여성의 욕망, 멜로드라마적 욕망 역시 여전하다.

결국 이것은 대중문학의 특징인 같은 음식물을 담아내고 있다는 점에서 기인한다. 또한 이러한 같은 음식물은 패턴화되어 스토리텔링의 문화콘텐츠 요소로 사용될 수도 있다. 즉 자세한 내용을 빼고 전체 줄거리의 얼개만 본다면, 대중문학의 패턴은 거의 정해져 있다고도 할 수 있다.

그렇다면, 이렇게 비슷한 음식물에 왜 대중들은 늘 열광하게 되는 것인가. 그 부분이 바로 통속적이고 자극적인 성격 때문이다. 대중문학의 기본 구성은 똑같다. 독자 입장에서는 한마디로 뻔한 내용이라는 것이다. 100년 이상 근대 대중 문학의 역사가 흘러오고 있지만, 역시 뻔한 이야기들로 채워지고 있다. 이렇게 뻔한 내용만 담고 있는 데도 불구하고 여전히 지금도 그 뻔한 이야기에 독자들은 열광하다 못해 각종 '폐인'과 '앓이'라는 신조어들을 양산하고 있다.

여전한 인기의 비결은 바로 뻔한 이야기를 뻔하지 않게 포장하는 데 있다. 즉 조금씩 좀 더 자극적이고, 좀 더 선정적인 방식을 취하는 것이다. 처음부터 파격적인 장면이 등장한다거나, 악인이 이해할 수 없을 정도로 악행을 저지른다거나, 과거에는 상상할 수 없었던 금기를 건드리는 등, 통속성과 선정성의 강도가 점점 심해지고 있는 추세다.

이는 인터넷 게임이나 폭력 영화 등의 영향으로 점점 대중들이 이러한 면들에 무뎌져 가면서 더욱 심해지고 있는 추세다. 이러한 통속성과 선정성의 강화와 더불어 마치 서로 경쟁

하듯이 더욱 서로의 문제점들을 답습하고 베껴대고 있다.

결국 이러한 문제점 때문에 대중문학은 문학의 장르로 대접 받고 있지 못하고 있다. 또한 연구자들 역시 문학의 영역에서 논의하기보다는 논외로 쳐두게 됨으로써 대중문학의 비판적 능력과 자생 능력까지도 생산해 내지 못하게 하고 있는 실정 이다. 윤리와 기준 자체의 성립만큼 중요한 것은, 대중문학 자 체가 진지한 비판의 장에 놓여야 한다는 것이다. 이는 무조건 가치가 없다고 배제시킬 문제가 아니라, 연구자들의 논의의 장 안에서 비판하고 긍정적인 방향으로 이끌어가야 할 문제이다.

2. 그릇의 혁명
－놀이와 함께 하는 삐딱한 시선

대중문학은 통속적이다. 앞서 언급했던 것처럼 내용물, 음식물의 한계이다. 같은 음식물을 계속 내놓다보니 좀 더 자극적이고, 선정적으로 내놓을 수밖에 없다. 그러나 여기에 하나 더 가미되는 것이 바로 현실성이다. '지금', '여기'에 집중해서 독자들의 흥미를 끌려는 시도 때문에 대중문학은 예기치 않은 사회변혁적인 기능을 담당하기도 한다.

즉 이는 그릇의 혁명이라 할 수 있다. 어떤 시대는 도자기 그릇이 유행하고, 또 어떤 시대는 은접시가 유행한다. 또 어떤 시대는 질그릇이 유행한다면, 또 어떤 때는 금으로 화려하게 수놓은 접시가 유행하기도 한다. 따라서 이 대중문학이라는 음식은 이러한 시대의 그릇에 맞추어 대중들에게 제공되고 있다. 그리고 그 가운데 시대의 문제가 맞부딪치게 된 사건이 있었다.

2003년 2월 3일부터 10월 3일까지 대한민국 전체를 강타한 드라마가 있었다. 이 드라마 때문에 전 국민이 저녁 8시 25분에는 텔레비전 앞에 앉았고, 연일 인터넷에서는 이 드라마 얘기로 한바탕 난리가 나고는 했다. 이 드라마의 제목은 <노란 손수건>이다.

● 한국 방송 드라마 〈노란손수건〉 홈페이지 캡쳐 사진

편모 슬하에 맏딸로 자라난 윤자영은 가난한 중에도 책임감 있고 긍정적으로 살아가는 인물이다. 이 윤자영에게는 이상민이라는 애인이 있는데, 그는 대기업에서 촉망받는 직원으로 가난에 대해 치를 떠는 인물이다. 이상민은 기업 총수가 죽고 그 딸인 조민주가 사주가 되자, 결국 윤자영을 버리고 조민주와 결혼하게 된다. 이 과정에서 윤자영은 이미 이상민의 아이를 가지고 있지만, 이상민은 아이를 죽이라며 직접 병원에까지 데려가는 등, 철저히 아이와 윤자영을 버린다. 세월이 흘러

윤자영은 혼자 아이(지민)를 낳아 7년 도안 기르고, 윤자영의 옆에는 사채업계의 큰손의 손자이자 미국 MBA에서 유학하고 돌아온 정영준이라는 인물이 지켜주고 있다. 그러한 상황에서 이상민과 조민주는 아이가 생기지 않아 딸을 입양하게 되는데, 이상민은 윤자영이 자신의 아들을 낳아 기르고 있다는 것을 알게 된다. 결국 이상민은 자신의 손으로 죽이려고 했던 아들을 데려가겠다며 법적인 행사를 하고, 윤자영은 망연자실하게 된다. 또한 정영준은 윤자영의 아이의 진짜 아버지가 되어주고 싶다고 하지만, 법적으로는 문제가 발생한다.

여기까지는 일반 멜로드라마나 대중문학의 가장 기본적인 설정이다. 가난한 애인을 버리고 부자인 여자를 아내로 삼게 되면서, 철저하게 버림받는 여자의 이야기, 또 미혼모 이야기는 사실상 일반적인 대중문학의 소재이다. 다른 게 있다면, 예전의 대중문학에서는 이 버려진 여자는 다시 자신의 자리를 회복해서 애인과 만나게 된다는 것이다. 그 예외가 바로 1930년대 『찔레꽃』이었다. 대체로 여자가 순결을 유지할 경우에는 다른 남자를 만나게 되지만, 아이까지 낳은 경우에는 원래 남자에게로 돌아가는 구성이 대부분이었다. 그러나 90년대 이후에 현재에 이르기까지는 미혼모가 자신을 버린 애인에게 복수도 하고, 새로운 남자까지 만난다는 스토리가 대체로 이어지고 있다.

그런데 이 <노란 손수건>은 자신을 버린 남자에게 복수하고 새로운 남자와 해피엔딩을 이루는 것에서 그치지 않는다. 이 드라마는 복수에 초점을 맞추는 것이 아니라 '아이'에 초점을 맞춘다.

아이를 죽이려 했던 남자가 7년 만에 나타나 자신의 아이를 요구하면, 법적으로 그 어떤 권리도 없게 되는 한 여자의 이야기에 초점이 맞춰진다. 철저하게 나쁜 인간인 남자가 여자를 버린 것도 모자라, 자신의 아이를 낙태시키려 했고, 그 이후에는 아이를 빼앗아 가려는 상황에 대해 전 국민이 분노하게 된 초유의 사태가 발생한 것이다.

그 전까지 호주제 폐지는 여성사회단체에서 꾸준히 요구하고 있는 사항이었다. 그러나 이 호주제 폐지를 요구할 때마다 성균관이나 보수단체에서 심각하게 반대를 하는 바람에, 폐지 자체가 성사되기는 꽝장히 어려운 상태였다. 여러 번 고배를 마신 상황에서 아무리 여성들 80% 이상이 호주제 폐지를 지지한다고 하더라도, 70% 이상의 남성들이 호주제에 대해 지지하는 상황에서는 법률 자체가 통과하기 어려웠다. 그래서 몇 년 동안 여성사회단체들은 심각한 투쟁을 벌여오고 있는 중이었다.

그런데 2003년 이 드라마 〈노란 손수건〉 하나로 전체 여론이 뒤바뀌는 현상이 일어났다. 전 국민이 윤자영 때문에 울고, 아이 지민이 때문에 속상해 하는 상황이 벌어지면서, 연일 게시판이 들끓기 시작했다. 천하의 나쁜 이상민이 왜 아이를 데려갈 수 있는지 도저히 납득이 되지 않았던 시청자들은 인터넷의 장에 올라와 일대 파란을 일으켰다. 호주제 폐지는 오로지 드라마 상의 '지민'이라는 아이를 빼앗기지 않기 위해 주장되었다. 윤자영을 지키기 위해 드라마 시청자인 아줌마들이 변혁을 일으킨 것이다. 아줌마들이 열심히 보던 드라마 <노란 손수건>이 같이 보던 대한민국 남편들에게까지 영향을 미쳤다. 그렇게 <노란 손수건>은 '윤자영과 지민이 지키기'라는 범국민적 프로젝트 속에서 '호주제 폐지'에 대한 여론을 만들어 갔다. 호주제 폐지 말만 나와도 난리를 치던 성균관 유생들이나 보수 단체들도 이번만큼은 일언반구도 할 수 없었다. 그들의 몇 마디의 언급에도 인터넷은 초토화가 되었고, 대중들은 윤자영 때문에 '호주제 폐지'에 대해 엄청난 지지를 보냈다.

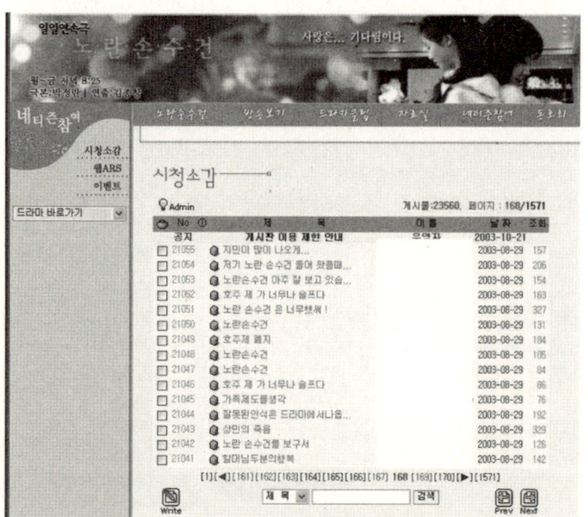

● 한국 방송 드라마 <노란 손수건> 홈페이지 게시판 캡쳐 사진

그래서 절대 통과될 수 없을 것처럼 보였던 호주제가 2005년 헌법재판소의 헌법 불합치 결정을 받으면서 민법이 개정되고 호주제가 폐지된 지 2년 만인 2008년 가족관계등록부로 대치되기에 이르렀다.

전혀 될 것 같지 않았던 '호주제 폐지'는, 몇 년 동안 여성단체들이 아무리 법에 상정해도 끄떡도 하지 않았던 완고한 법률이, 오로지 <노란 손수건>이라는 드라마 하나 때문에 무너지게 된 것이다. 이것이 대중문학, 대중문화의 힘이다. 현실성과 시의성이라는 그릇과 맞닿게 되었을 때, 그 파급 효과는 그 어떤 사회단체의 운동보다도 더 크다.

이러한 점이 바로 대중문학의 사회변혁적인 성격이다. 이러한 점은 바로 대중문학을 문학으로서의 자격을 부여할 수 있게 만든다. 단순히 통속성으로만 흐른다면, 그래서 대중들을 최면에 걸리게 하고, 오락과 유흥에만 젖게 한다면, 대중문학은 그야말로 해악일 수밖에 없다. 그러나 그 대중문학이 담기는 그릇이 달라질 때, 그 시대와 만나고, 그 시간과, 그 장소와 만나질 때는 새로운 영향력을 행사하기도 하며, 엄청난 반향을 일으켜, 세상을 바꾸는 힘이 되기도 하는 것이다.

VI. 경계에 서서—변혁을 꿈꾸는 대중문학

이 책을 시작할 때, 제인 오스틴의 작품 『오만과 편견』은 대중문학인지, 아니면 순수고급 문학인 고전인지 물음을 제기했다. 여전히 이 물음에 대한 대답은 어렵다. 시대에 따라 문학의 성격과 역할도 바뀌고, 또 정의 역시 달라지기 때문에 이 부분에 대한 대답은 섣불리 내릴 수가 없다. 그런 의미에서 『오만과 편견』은 그 경계에 서 있다고 할 수 있다. 그것을 어떻게 바라보고 있느냐는, 판단자의 시각에 따라 이 작품의 위치는 바뀔 수밖에 없다. 어쩌면 이러한 이분법적 물음 자체가 잘못되었을 수도 있다. 『오만과 편견』은 앞에 가치평가적인 수식이 붙는 어떠어떠한 소설이 아니라, 그저 '소설'인 것이다. 시대의 시의성과 문제의식을 담으면서, 독자의 흥미를 유발하는 멜로드라마적 성향을 지닌 소설, 그것이 『오만과 편견』이 서 있는 위치이다.

이 책은 대중문학을 위한 일종의 변명일 수도 있고, 한편으로는 대중문학의 적극적인 가치를 알리기 위한 홍보일 수도 있다. 그러나 한 가지 주장하고 싶은 것은 '소설'이라는 지칭이 아니라 '대중문학'이라 지칭할 때는 이미 편견이 들어 있다는 것이다. 그 편견을 통해 문학의 저급과 고급을 나누게 되고, 그런 의미에서 수많은 문학을 평가 절하시키기도 했다. 그러나 무엇보다 문제가 되는 것은 그 수많은 문학들이 평가 절하되면서, 실제적인 비판이나 객관적인 분석 역시 받아보지 못하고 말았다는 것이다.

그러나 아이러니하게도, 소위 순수문학들은 대중이 외면하고 있는 반면, 대중문학들은 드라마와 영화 등으로 재구성되고, 또 사회적으로 엄청난 반향을 일으키기도 한다. 드라마화되고 있는 작품들 중에서 인터넷 소설들이 대다수를 차지하고 있는 것도 그 한 예가 될 것이다.

그렇다면, 또 다시 드라마나 영화 모두 대중문화이고 저급에 불과하다고 비판할 수도 있다. 그러나 지금 이 시점에서 『찔레꽃』을 만나 반성과 성찰의 목소리를 내었던 임화의 이야기를 다시 가져올 수밖에 없다. 지식인 소설이 세태와 묘사 사이에서 서로 싸우며 대중의 외면을 받아오던 그 시점에서『찔레꽃』은 대중문학, 통속소설의 발전의 계기를 마련하고 새로운 세상을 만들어 내었다. 지금 우리가 돌아볼 것은 바로 임화의 이와 같은 문제의식이다.

"세계에 대한 너의 투쟁 속에서, 세계를 지원하라"는 프란츠 카프카의 말처럼 소설 그 자체가 가지고 있는 전복성에 대해, 세계와의 투쟁에 대해 우리는 간과해서는 안 된다. 현실을 거부하고, 현실을 벗어나려는 모든 시도가 이미 소설이고, 또한 이것은 변혁을 꿈꾸고 있는 것이다.

저자 **전은경**__ 경북대학교 기초교육원 초빙교수

이 책의 저자 전은경은 근대계몽기 번안, 번역 소설을 공부해 오다가 그 당대 독자들에 대해 관심을 가지기 시작했다. 이때까지 문학 연구가 작가와 작품 자체에 집중된 것에 대해 의문을 품으면서 문학 전반을 움직이는 가장 큰 힘이 독자라는 것을 깨달아가고 있는 중이다. 따라서 작가와 작품, 또 작가를 배태한 그 당대 사회, 그리고 그 작품을 읽으며, 누리며, 또 간섭하며 영향을 미치고 있는 독자로 구성된 거대한 문학 전반의 틀을 연구하고 있다. 저자는 이러한 관심에서 더 나아가 문학에서 문화로 이어지는 과정에 대해서도 연구의 자장을 넓히고 있으며, 대중문학과 대중문화의 가치를 독자의 입장에서 재정립하는 것을 목표로 연구를 진행하고 있다. 이 책 역시 그러한 연구의 일환이다.

주요 저서로는 『근대계몽기 문학과 독자의 발견』, 『우리 영화 속 문학 읽기』(공저), 『1910년대 문학과 근대』(공저) 등이 있다.

경북대 인문교양총서 ⑭

한국 현대 대중문학과 대중문화 - 『장한몽』에서 〈시크릿 가든〉까지

초판 인쇄 2012년 1월 25일
초판 발행 2012년 1월 31일

지은이 전은경
기 획 경북대학교 인문대학
펴낸이 이대현
편 집 이소희 권분옥 박선주
디자인 이홍주
마케팅 박태훈 안현진

펴낸곳 도서출판 역락
주 소 서울시 서초구 반포4동 577-25 문창빌딩 2층
전 화 02-3409-2060(편집), 2058(마케팅)
팩 스 02-3409-2059
등 록 1999년 4월 19일 제303-2002-000014호
전자우편 youkrack@hanmail.net

값 10,000원
ISBN 978-89-5556-963-6 04810
     978-89-5556-896-7 세트